G000124289

folio junior

Claude Gutman est né en 1946 en Palestine alors sous mandat britannique. Élevé dans un kibboutz, il émigre en France avec son père à l'âge de six ans et est recueilli par sa grand-mère.
Ancien professeur de lettres, il se consacre aujourd'hui entièrement à l'écriture. Il a publié, entre autres, *Les Larmes du crocodile* (Mercure de France), *La Folle Rumeur de Smyrne* (Gallimard/Folio), et pour les enfants, *Toufdepoil* (Bordas), *Danger : gros mots* (Syros), *Comment se débarrasser de son petit frère ?* (Rouge et Or).
La Maison vide a été adaptée à la télévision par Denys Granier-Defferre. Ce roman a d'abord paru dans la collection Page Blanche (Gallimard Jeunesse) ainsi que les deux titres qui en constituent la suite, *L'Hôtel du retour* et *Rue de Paris*.

Philippe Mignon est né en 1948. Il entreprend des études d'architecture, puis décide de se consacrer à l'illustration. Pour Folio Junior, il a déjà successivement chaussé les bottes de sept lieues (*Contes de ma mère l'Oye,* Charles Perrault), chassé le lion en Afrique (*Le Lion,* Joseph Kessel), déménagé à Rungis (*Le Chemin de Rungis,* Christian Léourier), erré en pays de Caux sur les traces de Maupassant (*Deux Amis et autres contes,* Guy de Maupassant), et après avoir vendu son ombre (*La Merveilleuse Histoire de Peter Schlemihl,* d'Adalbert von Chamisso) finalement retrouvé ses bottes... Ayant laissé quelques plumes au cours de ses voyages, il avait bien juré qu'on ne l'y reprendrait plus. Mais *La Maison vide* pouvait-elle le laisser indifférent ?

ISBN : 978-2-07-062974-9
Loi nº 49-956 du 16 juillet 1949
sur les publications destinées à la jeunesse

Dépôt légal : novembre 2011
Numéro d'édition : 240495
Imprimé en Espagne par Novoprint (Barcelone)

Claude Gutman

La maison vide

Illustrations de Philippe Mignon

Gallimard

« ... Les événements massifs, les souffrances en bloc ne frappent l'imagination ou la pitié qu'imparfaitement et d'une manière abstraite. Pour être vivants, notre tendresse ou notre effroi exigent un exemple singulier. Nous sommes ainsi faits que le visage d'un enfant qui pleure nous touche plus que d'apprendre la mort par la faim de toute une province. »

Joseph Kessel

I

Chaque soir, sans exception, malgré mes grimaces, je roulais mon pyjama sous mon bras. Je grimpais deux étages et frappais les six coups convenus chez les Bianchotti. Ils m'ouvraient leur porte avec le sourire, m'embrassaient et me conduisaient vers la chambre de leur fils. Plus de sourire dès que madame Bianchotti tournait la poignée. C'était la chambre sacrée, laissée telle qu'au jour de son départ. Il faut dire qu'il n'était jamais revenu et qu'un mot apporté par deux gendarmes disait qu'il était « mort pour la France » avec une belle médaille et un diplôme. Les Bianchotti, eux non plus, n'en sont jamais revenus. Ils avaient pleuré des jours et des lendemains. Madame Bianchotti avait même descendu les deux étages pour se précipiter dans les bras de maman sans se soucier de la machine à coudre ni de l'ourlet qu'il faudrait refaire à coup sûr.

Elle s'est jetée sur maman, hurlant :

– Mais il était si jeune... tellement jeune... Dites, madame Grunbaum, que c'est impossible... Dites qu'il reviendra...

Elle s'est remise à pleurer. Et maman pleurait en la serrant contre elle. Et je pleurais. Papa aurait bien voulu. A sa table de coupe, il avait déjà essuyé ses larmes et il était venu consoler madame Bianchotti. Ses mots ne servaient à rien face aux hurlements. Il avait alors simplement posé sa main sur l'épaule de madame Bianchotti, appuyant très fort. Et, en yiddish, il avait demandé à maman de préparer du thé, que peut-être ça la calmerait. Puis se tournant vers moi :

– La guerre, tu sais, David, c'en est une grande saloperie. La plus pire de toutes les saloperies.

Il est retourné à sa table de coupe.

Madame Bianchotti n'a jamais pu sécher les larmes qu'elle transportait avec son cabas dans tout le quartier et dans les queues, devant les magasins vides. Monsieur Bianchotti, lui, n'a plus pleuré ni hurlé. Il s'est tu, définitivement. Il n'a plus mis les pieds dehors. Il passait ses journées devant la photographie de son fils, mise dans un cadre, sur la cheminée de la chambre où je pénétrais chaque soir, sans exception, mon pyjama en boule sous le bras.

Avant, je dormais chez nous, normalement, dans mon lit. Maman m'embrassait, papa m'embrassait. Et dans le noir je pensais à ce que je voulais. A mes bonnes ou mauvaises notes, au cassage de gueule de Dugrant qui avait cafté que Rebérioux trichait pendant la compo... *Mon* lit. *Ma* chambre. *Mes* bouquins. *Ma* lumière : tout perdu en un jour pour me retrouver dans la chambre du mort. Madame Bianchotti y avait juste ajouté pour moi un lit-cage qui grinçait en se dépliant et qui continuait à grincer pendant que je gardais les yeux grands ouverts, si jamais le mort revenait à l'improviste pour récupérer sa place. Des endormissements tardifs, pénibles, insupportables. Et pourtant madame Bianchotti s'était sacrifiée pour moi, me creusant un trou de souris dans son musée qu'elle encaustiquait deux fois par semaine. Jamais je n'y entrais sans enfiler les patins. J'aurais aimé glisser mais la petite table, le couvre-lit en dentelle et le Christ accroché au-dessus du lit me fichaient une telle peur que je n'ai jamais esquissé un demi-pas de danse. Ne pas bouger pour que le fantôme ne s'aperçoive pas de ma présence. Éviter ensuite de respirer. Et penser, penser, penser sans arrêt jusqu'à l'effondrement. Penser que le mort ne l'était peut-être pas, ou revoir les bombardements aux actualités du Kursaal à l'époque où la ligne Maginot était infranchissable. Mort pour mort, je préférais l'imaginer avec deux trous rouges au côté droit comme dans la récitation, au lycée, quand Rimbaud se promène dans la campagne. Je le voyais mieux comme ça, Bertrand Bianchotti, lui qui avait tellement joué avec moi quand j'étais petit et qu'il m'arrivait de croiser dans l'escalier, le seau à la main allant le vider aux W.-C. du demi-étage. Il voulait devenir mécanicien-auto. Il avait commencé son apprentissage et il l'avait fini « mort pour la France ». Un chouette diplôme. Paraît qu'il avait sauté sur une mine. Mais n'importe comment, je ne le reverrais jamais, sa mère et son père non plus. Et son diplôme ne servirait jamais à rien.

C'était avant...

Moi aussi, j'avais gagné une médaille avec toute la famille. Une médaille en tissu jaune sous forme d'étoile à porter bien cousue du côté gauche. Contours noirs, et noir aussi le JUIF pour que ça ressorte mieux. Pour ce qui est de bien coudre, maman avait utilisé son meilleur fil. Comme ça, on était en règle.

– Il faut toujours être en règle, disait papa. La France, c'en est le pays de la liberté. Et quand on est en règle, on n'a rien à craindre. La loi française, elle a toujours protégé les Juifs sauf Dreyfus, peut-être, mais c était *ine* erreur historique. Et en plus, ils ont réparé. Alors, il faut être en règle.

Papa aux yeux qui pétillaient de malice. Papa aux cheveux en couronne. J'aimais quand il parlait français, quand il lisait le journal en suivant les mots du doigt, quand il m'appelait à son secours lorsqu'il trébuchait sur un mot.

– Encore mes linettes qui sont mal çontrées ! Viens voir, David.

Tu étais tellement fier d'être français, que ta femme le soit et que ton fils échappe à toutes les horreurs que tu avais vécues. Français : ça voulait dire quelque chose de si fort, de si profond.

Tu sortais parfois du tiroir de la salle à manger notre acte de naturalisation et tu l'embrassais comme un porte-bonheur. Juste trois noms inscrits sur un bout de papier du Journal officiel. Tu le montrais à maman. Tu me le montrais.

– Rappelle-toi, David, tu es français, français.

Et je te regardais avec le bonheur de lire dans tes yeux cette joie d'enfant qui effaçait, l'espace de quelques secondes, la détresse sans nom que tu portais en toi depuis que...

C'est une autre histoire et je veux la raconter.

– Les Polonais, c'était tous des antisémites, des chiens, des sauvages, des ordures, mon fils. Il faut que tu le saches, que tout le monde le sache...

– Laisse-le donc, disait maman. Tu vois bien que ce n'est pas de son âge.

Mais j'étais assis sur les genoux de papa et il me racontait. C'était mon *Petit Chaperon Rouge* à moi, sauf qu'à la fin, il n'y avait pas de chasseurs pour ouvrir le ventre du grand méchant loup et en sortir la petite fille et la grand-mère. Il n'y avait rien pour réparer. Juste assez pour faire pleurer et donner des cauchemars.

– Il faut que tu saches. Les Polonais...

La voix de papa se cassait. Il racontait.

– Ton père est vieux, David. C'est mieux les parents jeunes. Mais tu es le seul enfant qui me reste. Les autres...

Sa voix devenait inaudible. Je connaissais pourtant toute l'histoire. Son regard se portait vers moi. Il me serrait contre sa poitrine de toute sa force. Il regardait maman avec tant d'amour que l'histoire, toute dans sa gorge, était encore plus terrible.

Il était une fois, loin, très loin sur les atlas de

géographie en couleurs, du côté de l'Union soviétique, un tout petit village replié sur lui-même, presque coupé du monde. De temps à autre passait un colporteur qui donnait les informations des villages d'à côté et de la grande ville. Il vendait aussi les journaux et tout le village apprenait avec retard les nouvelles d'ailleurs. Mais à quoi ça servait ? Ils vivaient pauvres. Ils étaient pauvres et le resteraient, à moins de rêver au grand bateau qui les emporterait vers l'Amérique où les plus pauvres des pauvres pouvaient en un jour devenir les rois des riches. América ! América ! Mais papa s'en fichait de l'América. Il était déjà tailleur avec sa machine à coudre en plein air. Sur une photo, on le voit avec sa femme Rachel et ses trois enfants. Oui, c'était ça l'histoire. Moi, je ne suis que le quatrième enfant et maman la deuxième femme de papa. Ses autres enfants, sa première femme, papa en parlait souvent dans ses cauchemars. Il hurlait leurs prénoms : « Isaac, Elie, Sarah », mes frères et sœurs inconnus. Il hurlait aussi : « Rachel ! Rachel ! Non, non, arrêtez, pas ça, pas ça ! » Et il se réveillait, assis dans son lit, en sueur, épuisé, égaré, avec maman à côté de lui qui le calmait comme un enfant.

– Mais ce n'est qu'un mauvais rêve, Lazare.

Mais Lazare, maman et moi, on savait que le cauchemar était vrai. Qu'un jour, sans que personne s'y attende, une bande de Polonais – tous des antisémites – était entrée, la nuit, dans le village et que les prières du rabbin n'avaient rien pu arrêter. Une horde d'hommes ivres, armés de haches, de sabres, de couteaux, de fusils de chasse avait pénétré dans les maisons à la lueur des torches qu'ils portaient. Ils avaient d'abord incendié la synagogue et, comme les gens sortaient pour éteindre le feu, ils s'étaient mis à les abattre aux cris de « chiens de Juifs ». Puis ils avaient forcé les portes des maisons. Personne ne pouvait rien contre leur furie.

– Arrête, Lazare, tu sais bien que ce n'est pas de son âge !

– Il *doit* savoir. Il *doit* savoir. Il saura pour ses enfants. Il leur dira pour que jamais ça ne recommence. Il leur dira, tu verras...

Maman savait qu'il avait raison. Elle s'en allait, nous laissant à notre histoire, éternelle, sans qu'un mot soit changé. Une image de livre d'Histoire où papa était au premier plan, devant les flammes et la fumée de la synagogue incendiée. Avec leur hache, les Polonais ont enfoncé la porte et, sous les yeux de papa, ils ont égorgé froidement sa femme Rachel, et Isaac, Elie, Sarah, des enfants. Puis ils ont laissé papa pour mort sur la terre battue de la grande chambre.

Ils ont tué des enfants comme moi, qui n'avaient commis que l'unique crime d'être nés Juifs, simplement Juifs.

Oui, j'ai vu mon père pleurer. Je l'ai vu ne pas avoir honte de ses larmes. Et pourtant il était homme. J'étais sur ses genoux, petit bonhomme impuissant à consoler mon père. Mais comment consoler l'inconsolable ? Et je pleurais aussi tandis que tous deux, enlacés, nous revoyions chacun de notre côté cette scène de quelques

minutes où du sang séchait sur de la terre poussiéreuse où gisaient trois enfants massacrés et Rachel, la première femme de mon père.

Maman m'arrachait des bras de mon père. Elle m'étreignait. Je me collais contre elle. Papa avait séché ses larmes et pouvait poursuivre.

– Quand je me suis réveillé, j'avais la tête en sang, mais j'étais vivant, vivant, tu entends. Cette nuit-là, cinquante Juifs sont morts. Cinq cents ont réchappé. Pourquoi moi ? Dis, pourquoi moi ? Si tu avais entendu les cris dans le village, si tu avais vù toutes les maisons cassées, je suis sûr que tu aurais fait comme moi.

– Bien sûr. Je t'aurais même aidé à faire comme toi.

Il a regardé sa femme et ses enfants morts. Il les a embrassés, les barbouillant de son propre sang. Puis il s'est mis à hurler contre Dieu. Des hurlements fous, tandis que dans le village, après les cris, c'était la désolation. Dieu de merde, incapable de protéger les siens ! Dieu ignoble qui laissait crever les êtres les plus chers comme des chiens ! Dieu qui laissait faire les bourreaux depuis des générations et des générations ! Dieu auquel il n'était plus question de faire confiance. Le rabbin a tenté de ramener papa à la raison, que c'était une épreuve du Tout-Puissant. En réponse, il a reçu le poing de papa sur le nez. Papa a quitté le village, sans rien, seul sur la route, quelques photographies sur son cœur, des larmes dans tout le corps et sa machine à coudre sur l'épaule.

– J'ai fui. Et je suis sûr de n'être pas lâche.

Qu'est-ce que tu voulais que je fasse ? Rester à pleurer dans ma maison ? Non, mon fils, la vie est toujours la plus forte. Aujourd'hui, je le sais. Toujours plus forte. Ta mère est là pour dire.

Elle témoignait du regard, vers papa, amoureusement. Rien qu'un regard. Juste un regard.

Et puis l'histoire rebondissait comme dans le *Vaillant Petit Tailleur*, en plein d'épisodes. Comment papa était arrivé en France. Chaque soir, j'avais droit à un bout de parcours. Une étape à Danzig où des escrocs lui volent ses économies en lui promettant de le conduire en cachette sur un cargo à destination de l'Argentine. Papa a payé. Le soir, sur le port : rendez-vous secret. Embarquement sur un rafiot qui démarre, qui fait le tour du port et qui accoste. Aussitôt une dizaine d'escrocs armés de gourdins cognent sur le bétail crédule, hurlant :

– Vite, vite, la police. Ils nous ont repérés.

Tout le monde se retrouve sur le quai, les marmots pleurant, et les voleurs éclipsés. Fini aussi l'Argentina !

Papa a vendu sa machine à coudre pour passer la frontière allemande. Papa a travaillé dans une mine de charbon. Il n'a rien oublié. Il sait seulement que maintenant, au bout de son chemin, il y a la France. Il gagne de quoi ne pas mourir de faim. Et puis la mine ferme. On licencie. C'est la grève. Papa voit les Allemands qui crèvent de faim aussi, tandis que Yantel, un Juif comme lui, harangue les mineurs : « Prolétaires de tous les pays... » Mais papa est plutôt socialiste. Là-bas où il ne veut plus penser, il lisait le journal du

Bund, des Juifs socialistes. Il s'engueule avec Yantel et, à la fin, tous les deux se font arrêter par la police allemande et expulser vers la Belgique. Ils rient, Yantel et papa. Ils rient parce qu'ils savent encore rire. Ils rient aux éclats parce qu'ils sont juifs, que l'un est communiste, l'autre socialiste, qu'ils ont beau s'insulter, ils se retrouvent sans rien d'autre qu'une solide amitié en face de la police belge.

Et moi, leur rire emplissait ma tête, dans mon lit, quand je repensais au petit morceau d'histoire qu'avait raconté papa ce soir-là. Vivement demain.

Et c'était demain. Et papa riait encore, assis sur mon lit.

Il s'est levé d'un bond, s'est reculé pour que je puisse mieux le voir, au milieu de *ma* chambre. Et le voilà en train de faire le clown, sur une jambe, chancelant, et qui rit encore aux éclats.

– C'est comme ça que j'ai gagné ma vie à Bruxelles, David. Avec Yantel. Tous les deux à poser nus en essayant de pas perdre l'équilibre devant les élèves peintres. Et avec Yantel, on évitait de se regarder sinon c'était le fou rire, l'horreur à faire mal au ventre. Tellement mal. Moi, j'étais un lanceur de javelot en bout de course et, lui, un pâtre des montagnes. Et tous les élèves riaient pendant que le professeur hurlait :

– L'équilibre ! L'équilibre ! Mais gardez donc l'équilibre, espèces d'abrutis.

– Et on a fini par se faire renvoyer, en riant encore dans le café où on a bu de la bière, de la bière...

C'était le seul moment où papa avait l'air d'avoir tout oublié. Moi, dans ma tête, trottaient les flammes et les massacres.

Et puis la France, clandestinement. Toujours clandestinement. Comme s'il était interdit à papa de vivre au grand jour. Juste une toute petite frontière à passer de nuit, sans se faire remarquer. Se cacher. Toujours se cacher. Et puis Paris. Paris, capitale de la liberté.

– N'oublie jamais, David, tu dois tout à la France.

Et une fois encore, il regardait maman. Comme si elle avait été là à son arrivée pour le recueillir juste à temps, avant qu'il ne s'écroule. Comme s'il s'était réfugié dans ses bras, échappant aux rafles que la police opérait, entourant tout un paquet de gens avec une corde et vérifiant les papiers.

Maman câline, maman poitrine. Mais je n'ai pas le temps d'écrire sur maman. Elle n'est plus là. Papa n'est plus là. Ils me manquent. Je dois vivre sans eux.

– Vivre, mon fils, vivre à tout prix...

Et pour que je vive, papa m'a envoyé un soir, après le repas, une gigantesque claque.

Je lui faisais front.

– Non, je n'irai pas dormir chez les Bianchotti. J'ai une chambre, un chez-moi.

– On ne discute pas, David. Ce soir et tous les soirs qui viendront, tu dormiras chez les Bianchotti.

J'ai regardé maman d'un regard suppliant. Elle approuvait papa. Je me suis mis à hurler.

– Non, non, je n'irai pas.

Et c'est alors, pour la première fois, que j'ai vu papa devenir tout blanc et que sa main a déchiré mon visage d'une gifle éclair. Une gifle d'amour. Je ne l'ai compris qu'après, longtemps après. Aujourd'hui.

Maman a voulu me consoler. Je l'ai repoussée. Papa a voulu me dire bonne nuit. Je lui ai tourné le dos. J'ai couru vers ma chambre. J'ai pris mon pyjama. Et deux étages plus haut, j'ai pénétré pour la première fois dans la chambre du mort.

Je n'ai pas dormi.

Pourquoi ? Mais pourquoi cette gifle sans explication ? Pourquoi son visage de haine ? Pourquoi le soutien de maman ? Tous contre moi. Ils auraient dû me dire. Ils auraient dû m'expliquer, comme avant. Ne pas me laisser dans le noir. Ou alors parler entre eux à toute vitesse, en yiddish, pour ne pas que je comprenne, moi qui expliquais à tous mes copains d'école quand j'étais plus petit que mes parents parlaient l'anglais couramment et avec l'accent. Dans la classe, on était trois pareils : Hirsh, Kerbel et moi. Et pour nous, c'était vraiment de l'anglais. Mais seul Grunbaum comprenait et parlait vraiment. On était tous sûrs que, plus tard, il serait interprète. Mais pour comprendre la gifle de papa, je devais interpréter tout seul, dans ma langue à moi, le français. Un français impeccable avec déliés et plaintes mouillées de larmes. Pourquoi me chassaient-ils ? Pourquoi ? J'étais chez moi.

Quand je suis redescendu, le lendemain matin avec mes yeux de lapin albinos, maman m'attendait. A sa mine j'ai compris qu'elle avait dû rouler des pensées aussi noires que les miennes. Les traits tirés de papa disaient la même chose. Alors, pourquoi ce silence ? J'avais le droit de savoir, à mon âge.

Avant même que maman se jette sur moi pour me consoler, papa avait pris les devants.

– Écoute, mon fils, pour ton bien, il faut que tu obéisses sans poser de questions à partir d'aujourd'hui. C'est une affaire de vie ou de mort. C'est grave, très grave. Je ne peux pas dire plus. Jamais j'aurais dû te battre mais c'est pour ton bien, tu comprends ?

Oui, je te comprends maintenant, maintenant seulement. Tu avais raison, mille fois, cent mille fois. Mais si tu savais comme je t'en ai voulu. Comme j'aurais aimé te casser la figure, t'écrabouiller d'un seul coup de poing tellement j'aurais été fort. Mais je n'étais qu'un gamin de treize ans qui n'avait droit qu'au rêve pour toute vengeance. Je jure avoir rêvé sans arrêt pendant toute ma nuit d'insomnie. Mon bien ? Qu'est-ce que vous en saviez ? Vous le faisiez, c'est vrai. Vous avez tout fait pour que je ne sois pas comme vous, pour que je sois protégé de la misère et des vexations. Merci. Mais cette nuit-là, j'avais tout oublié.

Oubliées les heures où toi, papa, abandonnant ta table de coupe ou le dé à coudre, tu te penchais sur mon cahier du jour pour me regarder calligraphier les boucles des E majuscules et les enjolivements des B. Tu tirais la langue, je m'en souviens, en même temps que moi. Tu me faisais réciter par cœur les résumés d'Histoire, les leçons de morale et les leçons de choses puis tu me passais la main dans les cheveux.

– Tu iras loin, mon fils.

Moi, je savais que le soir, après dix heures de travail dans la boutique à deux maisons de l'appartement, tu ouvrais mon cartable en cachette et qu'avec l'aide de maman tu peinais pour apprendre ce que je réussissais du premier coup. Tu voulais pouvoir t'abreuver à d'autres informations que celles que tu lisais dans *Unzer Shtime*, la bonne parole bundiste. Oui, tu as appris à lire, à écrire le français. Mais pour le parler, tu te trahissais toujours, mélangeant les i et les u, les an et les on. Une salade russe.

Oubliées les heures supplémentaires, les commandes acceptées en sous-traitance, toi le tailleur-sur-mesure, pour me payer mon heure de piano chez la vieille dame-poil-au-menton.

– Rubinstein ! Tu feras mieux que Rubinstein ! Tu verras.

Et moi qui voulais être coureur cycliste... J'ai fait mes gammes mais les pédales ne me renvoyaient ni à Bach ni à Chopin, seulement au Tour de France.

Pour le Noël de mes neuf ans est arrivé le piano. Le plus extraordinaire, le plus cher du monde que mes parents pouvaient m'offrir. J'allais être célèbre, c'était certain.

Je vous revois tous deux me regardant pianoter. Papa, tu avais posé la main sur l'épaule de maman. Et ce geste maladroit, inaccoutumé, toi si prude, tu avais osé. Papa, maman, vous avez rougi lorsque je vous ai regardés. Papa, tu as vite ôté ta main. Les *Sonatines* de Clementi sont restées en l'air. Je me suis jeté dans vos bras, devant le sapin de Noël. Oui, le sapin de Noël.

— Une idiotie, David, m'avait dit papa. Mais il faut suivre les traditions du pays.

Il répétait chaque année la même phrase tout en me parlant alors d'une autre fête dont j'ignorais tout. Mais en m'offrant mes cadeaux, je suis certain qu'il devait penser aux autres, restés là-bas et qui fêtaient, eux , ce mystérieux Hanouka, vers la même époque, vers l'hiver, qu'il prononçait avec tant d'émotion.

— Hanouka ! Une fête qui durait huit jours, David. Le premier soir, on allumait deux flammes au chandelier, puis une par jour pendant une semaine. Et à la fin, c'était fête...

Il se taisait. Dans sa tête défilaient tous les Hanouka passés et peut-être les cadeaux qu'il avait offerts à mes frères et sœurs assassinés. Des cadeaux de pauvre mais des cadeaux du cœur. J'ignore ce qu'ils étaient mais je pouvais deviner qu'ils étaient beaux aux yeux brillants de papa embellis de larmes. Peut-être des fèves en plus, au repas, ou du poulet ? Jamais je ne saurai.

Moi, j'étais le roi d'une fête chrétienne. A la T.S.F., on entendait même la messe de minuit. Et puis ce piano noir, luisant, laqué. Pour leur faire plaisir les *Sonatines* ont repris leur envol, avec amour cette fois. Un amour grand comme l'océan que papa avait voulu traverser. Un amour grand comme celui que je vous porte et que je ne peux qu'écrire sur ce cahier quadrillé. Vous n'êtes plus là. Vous n'êtes plus là. Mes mots ne vous toucheront plus. Vos voix ne me parleront plus. Et puis peut-être que si, quand même...

Vous me manquez depuis si longtemps, depuis ce jour dont je ne veux pas parler parce qu'il est si terrible. Mais il est là, toujours, comme pour toi, papa, le jour où les barbares sont venus tout dévaster dans ton village du bout du monde.

Qui aurait pu imaginer ? Oui, la France t'avait donné l'hospitalité, une femme, un fils, une boutique de tailleur dans la toute proche banlieue. Un quart d'heure à pied depuis la porte de Montreuil, au-delà de la zone qu'il m'était interdit de fréquenter. Une boutique avec ton nom, mon nom, en lettres peintes, rue Garibaldi, presque au coin de la rue de la Révolution. Un heureux présage.

Tous les samedis soir, Yantel venait à la maison avec sa femme. Maman souriait. Elle me regardait. Je savais. Et, au milieu du repas, recommençait votre discussion commencée en Allemagne et qui n'en finissait pas. Hurlements. Cris. Rires. Café. Staline. Le Communisme. Le Socialisme. Le monde à refaire. Hitler. C'était presque du par cœur. Maman et madame Yantel allaient se réfugier dans la cuisine. Je restais bouche bée à vous écouter. Vous aviez raison tous les deux tellement vous parliez fort.

– On va vers la guerre, Lazare. Et seule l'Union soviétique peut nous aider.

– La guerre... La guerre..., tu n'as que ce mot à la bouche. Et la paix, tu connais ?

Yantel ne se démontait pas.

– On n'est rien, Lazare, rien du tout quand on est tout seuls. Il faut s'unir. En Allemagne, tu le sais bien, on arrête les communistes, les Juifs.

– Je sais. Et pour les Juifs communistes, c'est encore pire ! Tu l'as déjà dit la semaine dernière. Mais ici, en France, qu'est-ce qu'on a à craindre ? Une bande d'antisémites ? Partout on en a rencontré. Et puis c'est pas toi, Yantel, qui vas changer le monde. Tes communistes, ils ont réussi quoi, en Espagne ?

– Et tes sionistes bundistes, ils ont réussi quoi en Eretz-Israël ?

Un vrai combat de boxe. Je ne comprenais rien sinon que c'était la guerre des Juifs comme à l'école entre les cow-boys et les Indiens. Mais nous, c'était pour rire. Eux, ils étaient sérieux. Peut-être pas tant que ça. Parce que, tout à coup, ils se regardaient et se remettaient à rire, à rire, à se souvenir, et leurs paroles m'échappaient. Après les insultes, ils étaient copains. Copains et français.

– Et va, David, montre, avec le piano.

Je jouais pour eux, le mieux possible, le plus beau possible. Le mot paix avait un sens et Chopin était pourtant polonais. Antisémite ?

C'est sans doute le mot que j'ai le plus entendu, sans y prêter attention. Ça revenait comme une musique qui ne me regardait pas. Dans mon quadrilatère : rue Garibaldi, rue de la Révolution, rue de Paris, rue Marceau, ils n'avaient pas la tête d'antisémites. Madame Ducamp me donnait même un bonbon avec ma baguette pas-trop-cuite-s'il-vous-plaît, et monsieur Armellino me laissait entrer dans son ébénisterie où il nageait dans les copeaux. Je pouvais y rester des heures. Papa lui avait fabriqué un costume du dimanche vraiment à sa mesure. Un mètre quarante-cinq. Maman plaisantait :

– Avec des clients comme lui, on gagnerait en coupons de tissu.

Et à table, on le plaignait d'être si petit et sans femme. C'est peut-être pour ça qu'il avait l'air si malheureux. Moi, je l'aurais marié avec une des lilliputiennes qui venaient, avec le cirque, s'installer une fois par an à la porte de Montreuil. Pauvre monsieur Armellino ! Il travaillait sans arrêt. Même la nuit, on voyait de la lumière par la verrière de son atelier.

Antisémites ? Les maîtres et les maîtresses ne l'étaient pas. Papa aurait pu le jurer. De toute ma classe de l'école Robespierre, j'avais réussi l'examen d'entrée en sixième. Le seul...

– C'est ça, la France, avait dit papa en levant sa coupe de champagne, en forçant Yantel à en reprendre et en m'embrassant tant qu'il pouvait.

– Mon fils, mon fils, je suis tellement fier de toi... Tu étais sur la liste, la liste.

Et ses mains couraient dans mes cheveux. Et maman fermait les yeux pour ne pas voir son maintenant grand garçon boire de l'alcool : l'horreur des horreurs. Mais par un jour exceptionnel... Non seulement je serais Rubinstein mais peut-être – Dieu nous préserve – président du

Conseil comme Léon Blum ou même docteur-spécialiste avec une plaque dorée en bas de mon immeuble. Je serais...

A peine si j'ai eu le temps d'être que...

Maman et papa écoutaient la T.S.F. toute la journée parce que tout ce qu'avait prédit Yantel était vrai et que c'était la guerre.

D'abord rien, longtemps. Et puis soudain tout, vite. En l'espace de...

– Les journaux, ils mentent, disait papa d'un ton ferme.

J'avais confiance. Et puis quand les Allemands sont entrés dans Paris, je les ai vus.

– Non. Jamais je ne quitterai ma maison, ma boutique. Jamais. Qu'est-ce que tu veux qu'ils nous fassent ? J'ai trop couru toute ma vie. Je suis fatigué. Yantel peut partir s'il veut, moi je reste à Montreuil.

– Alors envoyons David à la campagne !

– Pas question !

Et papa a hurlé.

– Il restera avec nous. Puisque je te dis que nous ne risquons rien. La radio, les journaux, c'est des menteurs. Ils ne feront rien. Moi, je continue à travailler. Rien ne me fait peur.

Il y avait tant de certitude dans sa voix.

Papa et maman n'ont pas travaillé, en vérité. Ou plutôt si, mais pas à la machine ni au fil, à l'aiguille ou au dé. Ils m'ont même embauché – fini le lycée – pour aider les froussards à s'enfuir. Pour papa c'étaient des lâches, sans discussion. Devant les Allemands qui allaient raser Paris, selon la rumeur, la solidarité avait encore un sens pour lui. Froussards, d'accord, mais êtres humains d'abord. Et papa-formules s'agitait, aidant à déménager les voisins du quartier, ceux qui n'avaient pas fui dès les premiers jours quand les trains marchaient encore.

Je ne comprenais pas. On restait. Et toutes ces histoires de massacres que papa m'avait racontées ? Toutes ces images qui me faisaient peur, aux Actualités Pathé du Kursaal avant les attractions et le grand film. A sa place, je serais parti. Les Ogres arrivaient. Les vrais. Pas ceux qui faisaient déjà vraiment trembler dans *Le Petit Poucet.* Les vrais Ogres à canons, gueules béantes. Ils n'arrivaient pas à dissuader papa ni monsieur Armellino, de l'autre côté de la rue, qui tranquillement, lui aussi, donnait un coup de main pour serrer les lanières des valises qui partaient à l'aventure sur des carrioles sorties de je ne sais où et même sur des poussettes de bébé.

Pendant que papa et maman aidaient dans les étages, sans trop vouloir regarder les armoires à linge et à économies, à arrimer le tout et le n'importe quoi, à sécher les larmes de madame Dugrand qui n'y arriverait jamais avec sa canne, j'étais responsable de la boutique.

Ils y rentraient tous parce qu'ils savaient qu'on restait. Et tous ces gens que j'aimais ou que je détestais venaient me faire des sourires. Ils me glissaient la pièce, me tendant les clés de leur maison « et surtout que tes parents prennent bien soin que les voleurs... ». Et moi, je pensais que les voleurs étaient déjà bien loin sur les routes, vers la Loire où ils faucheraient ce qu'ils

pourraient. C'était la guerre et je m'étais constitué un trésor en pourboires.

Pas un mot à papa, à maman.

Une semaine et la boutique était devenue la caverne d'Ali Baba.

– Tu vois comme ils font confiance, David !

Quelle fierté. Lui, le réfugié, l'apatride, le naturalisé : les Français lui confiaient leurs biens.

– Des millions dans la boutique, David. Des millions. Et je rendrai tout, tout.

A peine si maman pouvait se faufiler vers sa machine à coudre. Mais qu'aurait-elle cousu ? Les gens avaient laissé leurs costumes, n'emportant dans la bousculade que le nécessaire. J'ai vu ce que c'était : du rien qui ne servirait jamais à rien ; une vieille pendule déglinguée, un vieux tableau scène-de-chasse-avec-sous-bois-et-biche, les œuvres complètes de Shakespeare en six volumes... Mais ils y tenaient tant. C'est ça le nécessaire : quand ça ne sert à rien qu'au cœur, quand ça fait du bien au souvenir. Ou du mal. Je le sais. Je l'ai expérimenté. Le reste s'entassait dans notre boutique : commode Louis quelque chose, fauteuils Voltaire – comme mon lycée – piles de draps... L'annexe d'un musée, avec des étiquettes pour le jour où il faudrait rendre.

Et dire que je me suis moqué d'eux, cœur sec, quand ce qu'ils croyaient avoir de plus utile était un cadre photographique où trônait un grand-père à moustaches entouré de la famille réunie le jour du mariage du fils aîné. A quoi cela pourrait-il leur servir au beau milieu des embouteillages qui commençaient au coin de la rue ? Les embarras de Montreuil, brouettes, voitures et *pedibus*.

Et nous sommes restés. Et les Ogres aussi. Ils se sont même installés rapidement, dans un désert de juin, tous volets clos. Je continuais à pianoter, fenêtres ouvertes, tandis que papa et maman surveillaient les dépôts. Moi, c'était les Allemands que je voulais voir. J'avais eu si peur de leur arrivée ; il ne m'était encore rien arrivé. J'ai poussé à bicyclette jusqu'à la rue d'Avron et je les ai vus, en uniforme, arpenter les rues. J'ai fait demi-tour, vite, vite, pour prévenir papa et maman. Déception : ils les avaient vus avant moi, rue de Paris, remontant en voitures blindées vers la Croix de Chavaux.

Seuls contre Eux. Quelques passants dans les rues, presque toutes les boutiques fermées et papa qui s'obstinait à rester au rythme des instructions des voitures allemandes et de leurs haut-parleurs.

– Restez calmes. Vous ne risquez rien...

Moi, j'étais tout seul. Plus un seul copain. J'ai traversé la rue pour voir monsieur Armellino qui, lui aussi, était resté.

– Ne t'inquiète pas, David, ils partiront aussi vite qu'ils sont venus... Tu verras, en s'y mettant tous...

Lui aussi parlait comme Yantel mais il ne prononçait pas le mot Juif. Il ne prononçait d'ailleurs aucun grand mot mais je sentais à sa voix douce une telle haine. Et il rabotait sans discontinuer. Une telle force chez ce tout petit bonhomme dont je m'étais tant moqué, avant.

Où est-il aujourd'hui, monsieur Armellino ? Il lisait *l'Humanité.* J'ai compris. J'espère qu'il est en vie, que je le trouverai. J'espère qu'il est dans le maquis avec un fusil, un pistolet, n'importe quoi et qu'il les tire comme des lapins. S'il savait, monsieur Armellino. J'ai tellement confiance en lui. Il m'aidera à les retrouver, papa et maman ? Il doit être chef, quelque part. Il me les rendra. C'est sûr qu'il est chef, qu'il commande, qu'il saura quoi faire. Il est resté quand les Allemands ont pris notre ville. Et je suis certain qu'en me parlant il savait ce qu'il allait faire. Et puis un jour, plus tard, il est parti, fermant son ébénisterie, sans rien dire à personne, sans un au revoir. Des fois, sur les listes placardées sur les murs, j'ai cherché son nom pour voir si les Allemands le recherchaient pour le fusiller. Au moins il leur aurait fait du mal, très mal et il aurait réussi à s'échapper.

Et puis je m'en fous des petits détails de cette histoire. Je m'en fous du mètre quarante-cinq de monsieur Armellino. Je me fous de la couleur des uniformes allemands. Je me fous des paroles de papa.

– Si un seul rentre ici, je le tue avec mes mains ou avec ça...

Et il était allé chercher une hachette cachée sous un coupon de tissu. Il était sûr que ça nous protégerait, maman et moi.

Je m'en fous. Je m'en fous. Je me fous de tout. Si je pouvais tout casser. Si je pouvais tout faire éclater. Si je pouvais me venger, tuer, tuer, tuer...

Mes doigts me font mal tellement je serre mon

crayon. Mes doigts qui étrangleraient ces assassins... Je n'en peux plus. Je pleure.

J'ai quitté mon cahier. J'y reviens. J'ai marché dans la campagne. J'ai couru. J'ai perdu mon souffle à hurler, à cogner des tatanes contre les arbres, les mottes de terre. Mais il faut que je revienne m'asseoir, que j'écrive, que je dise, même si je n'en ai pas envie, même si ma gorge n'est qu'une boule de haine, de pleurs, et que ma main tremble. Il faut que je respecte la volonté de papa. D'ailleurs, aujourd'hui, est-ce bien la sienne ?

– Quand il sera grand, qu'il aura fini ses études, il leur dira ce qu'on a vécu pour que jamais ça recommence. Il leur dira, tu verras...

Mots qui me reviennent comme à des millions d'années-lumière. Toutes proches, en vérité. Mais pour papa, il s'agissait de dire tout autre chose.

Dire. Dire. Redire, même les plus petits détails. La promenade dans la campagne m'a fait comprendre. Et puis papa, maman, dites que je vous reverrai ! Vous serez fiers de moi. Maintenant c'est *moi* qui veux dire, *moi*.

Vos sourires, votre bonheur et le mien quand après l'été mort, pourri, l'armistice, les partis sont revenus. Papa, tu cachais mal ta joie d'avoir eu raison. Rien n'était arrivé.

Retour d'exode à petits pas honteux, remerciements sans fin et embrassades encore plus sans fin quand Yantel est entré dans la boutique au moment où tu remettais les clés de son appartement à monsieur Luquet, le fromager de la rue de la Révolution, qui t'offrait tous ses fromages si tu voulais, quand tu voulais, « et merci infiniment ».

Yantel et toi, vous vous êtes enlacés comme deux frères qui se seraient quittés depuis des siècles. Trois mois seulement et cinq minutes d'embrassades, sans un mot, rien. Des regards, des regards et vos deux corps qui se serraient pendant que vous pleuriez en cachette l'un de l'autre par dignité. Maman me pressait contre elle. Elle partageait votre bonheur. D'autres en avaient eu moins. Ils ne sont jamais revenus chercher leurs affaires étiquetées.

Yantel nous l'a fait comprendre en racontant le soleil, la fatigue, le manque d'eau, les voitures en panne, les paysans qui regardaient passer cette masse monstrueuse, les pillards, les soldats déserteurs, et puis soudain les attaques en piqué des avions italiens qui mitraillaient la route pour repartir aussitôt.

Papa et maman étaient attentifs. Moi, je buvais ses paroles. Il racontait les enfants perdus qui pleuraient, qu'on recueillait ou non. Il disait les mots vite écrits sur les poteaux électriques ou sur les pancartes des mairies. Y cherche Z : rendez-vous à F. Il disait le passage de la Loire juste au moment où les Allemands faisaient sauter les ponts. Il disait les morts qu'on n'enterrait pas et qui pourrissaient au soleil, les dames à gants blancs et escarpins qui chialaient de douleur à cause de leurs ampoules, et de leurs bijoux qu'il leur avait fallu échanger contre un morceau de pain ou de jambon. Il disait tout, tout, tout.

Sans qu'il s'en rende compte, je m'étais installé sur ses genoux.

– Personne ne voulait se battre, Lazare. Personne. J'ai vu des soldats qui s'habillaient en civil avec les vêtements des morts... C'est drôle, je ne me suis même pas révolté, Lazare. Juste un dégoût profond. Et puis tu sais, pour marcher, je suis comme toi. On en a tellement fait des kilomètres...

C'était vraiment la guerre. Nous, elle nous a épargnés.

Yantel a posé des questions sur les membres de l'Amicale, sur ce qu'ils étaient devenus.

L'Amicale, c'était la réunion du mercredi de papa. La réunion des amis, quoi. Mais que des amis juifs qui habitaient Montreuil. L'Amicale israélite de Montreuil. Et comme amis, on ne faisait pas mieux. Dès le jeudi, papa disait des mots méchants. C'étaient des amis terribles.

– Ce faux-jeton de..., ce communiste de..., ce crétin de...

Comme si la seule chose que papa avait vraiment apprise en français c'était les injures et les gros mots qui s'arrêtaient dès que je pointais le petit bout de mon nez juif. Parce qu'il a fallu que je l'apprenne, moi, la forme de mon nez. Elle s'est mise à apparaître partout dans les journaux. Et quand on est juif, on a le nez crochu, les oreilles décollées, les cheveux crépus et les doigts avec, au bout, des ongles de sorcière. Devant ma glace, je n'avais pas cette impression. Un nez droit, vraiment droit et des oreilles bien dessinées. Pour les ongles crochus, aucun des membres de l'Amicale n'en portait. Mais il n'y avait plus d'Amicale. Elle avait disparu. Plus moyen de vérifier.

– Les Jablonski sont revenus... Les Rosinski aussi...

Et papa disait à Yantel tous ceux qui étaient là. Les autres s'étaient évaporés sans laisser d'adresse.

– Tu sais, Lazare, ils ont dû se cacher à la campagne.

– Mais pourquoi se cacher ? Est-ce que je me cache, moi ?

– Arrête, Lazare, arrête de jouer au con !

C'est ce qu'il s'est mis à hurler, Yantel. Il a traité papa de « con ». C'était insupportable. Je me suis levé. Et d'un gigantesque coup de poing, je lui ai frappé le nez, son nez juif de journal. Et Yantel s'est mis à pisser le sang.

– T'as pas le droit, Yantel. T'as pas le droit de traiter papa... C'est toi le con, c'est toi qui t'es débiné et maintenant tu viens faire la morale. C'est dégueulasse. C'est dégueulasse, Yantel. T'es un salaud. Un vrai salaud.

Et je me suis enfui en courant m'enfermer dans ma chambre.

Le soir, à table, avec pas grand-chose à manger, Yantel était encore là. Il m'a fixé de ses beaux yeux bleus, pénétrants.

– Je m'excuse, David, pour ce que j'ai dit.

Et curieusement, avec papa, ils ont continué à parler, sans s'insulter. Mais je n'écoutais pas.

J'avais fait plier Yantel. J'avais vengé papa. Et le plus important c'était les excuses. J'avais humilié Yantel et il s'excusait. Il était vraiment plus courageux que moi. Les mots, des fois, ça fait plus mal que les poings.

Je t'aime tant, papa, je t'aime tant, maman, que j'ai du mal à avouer. Oui, Yantel avait raison. C'est peut-être pour ça que vous n'êtes plus là. Yantel disait qu'il fallait combattre ou fuir si c'était impossible. Lui combattrait, même les mains nues mais les Nazis partiraient. Toi, papa, tu avais tant confiance que tu ne l'écoutais pas puisque tu étais en règle.

D'ailleurs, au premier appel, tu n'as pas hésité un instant.

C'est à pied qu'on est allés tous les trois jusqu'au commissariat de la Croix de Chavaux. Je marchais à vos côtés et vous étiez habillés en dimanche, fiers, à pas lents, savourant une bonne heure de répit. Une promenade, quoi, après avoir retiré du tiroir de la salle à manger les si précieux papiers qu'ils demandaient : l'acte de naturalisation et les cartes d'identité enveloppés dans du papier cristal si doux au toucher.

La loi, c'était la loi. Il fallait s'y plier. Quel mal à ça ? Être en règle.

Sur notre passage, rue de Paris, c'était le début de l'automne et c'était un plaisir.

Papa, tu m'as pris par l'épaule :

– Si tu avais été une fille, ta mère et moi on avait choisi France. Un beau prénom, hein ? France !

France de la honte. France des petits fonctionnaires qui font leur métier, qui appliquent bêtement le règlement. France, France de merde. C'est cette France-là que j'ai vue en arrivant au commissariat, avec les vélos accrochés dans la courette. Il y avait déjà foule et papa a compris que l'après-midi serait longue. En plus, il en connaissait des gens dans la file d'attente. Tous ceux de l'Amicale qui étaient revenus. On se disait bonjour. J'avais grandi et on me frottait encore le crâne. Ils m'avaient tenu sur leurs genoux : « Tu te souviens Lazare ? » Et papa se souvenait. Et dans la toute petite cour, c'était une insulte aux Allemands qui avaient interdit tout rassemblement. Ils le disaient à la radio.

– C'est la revanche, a dit monsieur Rosenbaum.

Tout le monde a ri. Puis, en attendant chacun leur tour, ils ont commencé à parler en yiddish et le ton montait et les vieilles histoires que je ne comprenais pas revenaient. Ils riaient. Puis le silence s'est fait quand les premiers sont ressortis, tremblants, le visage défait.

Sans un mot, ils ont montré leur carte d'identité tamponnée d'un JUIF majuscule. Ils sont repartis.

– Ça recommence, a dit quelqu'un. Pourquoi ne pas nous mettre un tampon sur le front ? Ça se verrait bien mieux, de loin...

Il y avait de la colère dans sa voix.

Papa n'a pas bronché. Il m'a violemment serré la main.

L'homme qui avait parlé du tampon, personne ne le connaissait. Il nous a tous regardés.

– Jamais je ne me plierai à cette ignominie.

Presque incompréhensible. Des mots inconnus. Il est parti.

Et c'est alors qu'on s'est aperçu qu'il y avait plein de Juifs qui n'en étaient pas puisqu'ils n'en avaient pas l'air et qu'ils n'étaient pas de l'Amicale. Des Juifs sortis de nulle part. Des Juifs qu'on n'aurait jamais cru. Papa en était retourné. Dans la petite foule, il m'a montré du doigt – c'est pas poli – mais il n'a pas pu se retenir, madame Laclos, la fleuriste, toujours fourrée chez les bonnes sœurs, à côté de l'O.R.T. et de la place de la République. Il était sûr qu'elle était antisémite. Personne n'y comprenait rien. Tous les vrais Juifs, ceux qui ne s'en cachaient pas, faisaient la découverte de Juifs d'une autre planète, souterraine.

Mais je ne l'ai compris qu'après, quand madame Lonia nous expliquait la guerre avec des papiers sous les yeux :

« Sont reconnus comme Juifs ceux qui appartiennent ou qui appartenaient à la religion juive, ou qui ont plus de deux grands-parents (grands-pères et grand-mères) juifs. Sont considérés comme Juifs les grands-parents qui appartiennent ou appartenaient à la religion juive. Il est interdit aux Juifs qui ont fui la zone occupée d'y retourner. »

Lonia avait lu la date (27 septembre 1940) à haute voix, dans la pièce où j'écris. Sur le tableau noir, elle faisait des flèches et je comprenais ses histoires de zones parce que j'avais beaucoup voyagé.

A notre tour d'entrer dans le commissariat. L'agent de police, derrière son comptoir, nous a marqués sur un grand cahier par ordre alphabétique. Puis il a pris son tampon et il a mis JUIF sur tous les papiers sacrés : actes de naturalisation et cartes d'identité.

Il tamponnait sans plaisir, machinalement. Ses chefs lui avaient dit. Il obéissait.

En sortant, papa était blanc. Il s'est accroché au bras de maman. Puis il a respiré fort l'air du dehors.

– Vous voyez, il n'est rien arrivé ! Maintenant on est en règle. Allez, à la maison.

Le travail a repris dans la boutique. Pour vivre, c'était plus difficile. Plus beaucoup de costumes sur mesure. Papa et maman faisaient des retouches, rapiéçaient des habits usagés contre des légumes, du pain, des œufs. Il n'y avait que moi dans des vêtements princiers au moment où les guenilles commençaient à envahir les rues.

J'avais honte, au lycée, mais j'expliquais à mes copains. Ils comprenaient mais je sentais de la jalousie. Puis, petit à petit, on m'a demandé mon adresse. J'avais des copains que je n'avais pas cherchés. J'avais les miens avec qui je rigolais comme un fou.

Une fois, dans le métro, quand tout le monde était compressé, on avait mis du rouge à lèvres sur le dos de l'uniforme d'un officier allemand. Et quand il est parti, sur le quai, on voyait tous les gens rire en cachette. Une sacrée marrade !

Des Allemands. Des Allemands partout, dans toutes les rues, et des poteaux indicateurs en allemand : l'occupation. Papa et maman étaient de plus en plus occupés à cause des parents de mes nouveaux copains qui venaient dans la boutique, à l'approche de l'hiver, pour que les manteaux puissent tirer une année supplémentaire. Mais maintenant, quand ils arrivaient chez nous avec au fond de leur cabas quelques boulets de charbon ou quelques fruits, ils trouvaient collée sur la vitrine une affiche spéciale : ENTREPRISE JUIVE. Drôle d'entreprise que celle de papa et maman : rien qu'une boutique minuscule encore encombrée d'objets sans propriétaires. Une machine à coudre, une table de coupe, une table de presse et un mannequin en complet bleu dans la vitrine. ENTREPRISE JUIVE.

Pourquoi ? Dis, pourquoi, papa, tu as cru ces salauds ? Pourquoi tu n'as pas fait comme Yantel ? Tu as continué à vivre comme avant alors qu'on devenait de plus en plus juifs, de plus en plus rien ? Yantel, on ne l'a plus jamais revu. Il est parti se cacher, se battre. Je suis certain qu'il a dû assassiner des soldats allemands. Il a eu raison. Mais toi, papa, pourquoi tu ne m'as rien expliqué ? Pourquoi tu n'as pas résisté, juste un peu ?

Tu étais fier de mes bulletins trimestriels. Tu les embrassais en les recevant. Pourquoi cet aveuglement ? J'ai l'impression d'avoir compris mieux que toi, mieux que maman qui n'osait jamais te contredire. Avec mes copains au lycée,

TAILLEU
JUDISCHES GESCHAFT
Entreprise Juive

je parlais politique. Avec vous, je n'avais le droit qu'à mon heure obligatoire de piano, même en hiver quand maman m'avait tricoté des mitaines.

Pourquoi ? Pourquoi rien d'un sentiment de révolte quand ils nous ont interdit de posséder une T.S.F. et qu'il aurait fallu la remettre à la mairie. Heureusement tu ne l'as pas fait. Mais sans un mot de haine, de colère, d'irritation. Je ne comprends pas. Un jour, tu m'expliqueras ? Hein que tu m'expliqueras ?

Si tu savais comme je suis, ici. Depuis deux jours, je n'ai rien mangé. D'ailleurs, je n'ai pas faim. Je suis assis dans la salle de classe et j'écris, j'écris, le plus vite que je peux, pour vous dire, pour que vous sachiez, pour vous expliquer, pour expliquer au monde, à la terre entière... Vite, vite, pour ne rien oublier jusqu'au moment où on se retrouvera. Je vous veux. Je vous veux tous les deux. Je veux me serrer dans vos bras et pleurer, pleurer de joie ou de désespoir, je m'en fous.

– Tu as raison, Lazare. Ça ne sert vraiment plus à rien.

Alors, un dimanche matin avec l'aide de monsieur Herschl et de Salomon, le boucher, papa a monté la machine à coudre et la table de coupe à la maison. Moi, je n'avais pas le droit.

– Tes mains, David ! Tes mains ! Si jamais tu les abîmes...

Si vous saviez comme je m'en fichais de mes mains. Je voulais vous aider. Et comme vous aviez tant à faire, j'ai porté en cachette tout ce que je pouvais jusqu'à l'appartement.

Et puis, maman, je t'ai vue pleurer quand, à côté de toi, sur le trottoir d'en face, on a regardé papa descendre le rideau de fer. Finie l'ENTREPRISE JUIVE. On ne voyait plus notre nom inscrit sur la porte. Papa s'est contenté de baisser la tête en gagnant la maison, sans un mot. Et puis il y avait tant à faire pour réorganiser la vie dans le logement. C'est là que viendraient les gens : pas plus compliqué que ça.

Et c'est vrai qu'ils sont venus et c'est vrai que papa et maman travaillaient encore plus depuis qu'il était interdit aux Juifs de sortir de 20 heures à 6 heures du matin.

Mais qu'est-ce qu'on avait fait pour mériter ça ? Qui peut me le dire ? Je suis tout seul dans cette immense maison, presque un château ; seul le silence me répond. Oui, nous étions juifs. Quel mal à ça ? Juifs même pas religieux. Presque pas juifs du tout. Jamais de ma vie, je n'ai mis les pieds dans une synagogue. Papa et maman s'étaient mariés à la mairie de Montreuil. Dieu, si tu existes, je ne crois pas en toi. Je te hais. Je te maudis. Je te méprise. Je te crache à la gueule. J'en ai marre, marre. Je voudrais mourir, crever ici jusqu'à ce que tu me répondes. Je voudrais que tu voies comme ça saigne dans mon corps pour que tu répondes d'un mot, un signe. Pourquoi ?

Pourquoi la vie s'était-elle arrêtée ? Pourquoi mes copains s'étaient mis à parler de films que je ne pouvais plus voir ? Pourquoi papa m'interdisait d'aller tout seul au Kursaal, le soir, voir les attractions et le grand film ?

– C'est la loi, David. Et si on respecte la loi, il n'arrive jamais rien.

Et c'était vrai qu'il n'arrivait jamais rien, plus rien. Comme si la vie était morte. Rien. Rien. Pas un mot pour le décrire. L'ennui à mourir avec la radio en sourdine pour donner des ordres, de la musique et bercer le rien, le vide infini. Papa, maman, moi, et d'autres, beaucoup d'autres, on n'avait plus le droit de vivre presque normalement le soir. Si jamais on sortait, c'était la prison, l'amende ou l'internement dans un « camp de Juifs ». Qu'est-ce que ça voulait dire ? Et où c'était ?

Dans la cour de récréation, je faisais semblant. Semblant de rire, semblant d'avoir vu le film dont ils parlaient tous. Semblant. Jusqu'au jour où j'ai su ce que c'était qu'un Juif et qu'il n'y avait pas besoin d'explications. Même papa ne se serait pas embrouillé. C'était clair, visible, obligatoire.

Une étoile jaune à partir de six ans et du 7 juin 1942. Et c'est encore au commissariat qu'on est allés, doucement comme au poteau de torture, recevoir chacun nos trois étoiles contre un point de nos cartes de textile. Derrière le comptoir, l'agent faisait la distribution sans un mot comme s'il avait peur de nous regarder. Et puis, sans qu'on sache pourquoi, alors qu'on s'apprêtait à sortir, le commissaire lui-même nous a fait appeler. On est entrés dans son bureau. Il a fait asseoir maman et papa. Nous, on regardait sans comprendre, avec la photo du maréchal Pétain au mur.

– C'est la loi, monsieur Grunbaum. Je n'y peux rien. Je suis obligé de l'appliquer.

Mais sur son visage, il y avait un sourire de pitié et de colère.

– La loi... Soyez toujours en règle... Et puis, soyez sans inquiétude, je passerai chez vous, un de ces jours, dans pas très longtemps...

Il s'est levé. On s'est levés. Il nous a serré la main.

– Je m'occupe de vous...

On est partis sans rien comprendre.

Mais dès les mois d'après on a bien vu qu'ils s'occupaient tous de nous.

ÉTABLISSEMENT
INTERDIT
AUX
ISRAÉLITES
ANTRITT FÜR JUDEN
VERBOTEN

disaient les affichettes. Tout devenait interdit. Pas seulement les salles de cinéma, mais les squares, les piscines, tout, tout, tout, et même les magasins où pour faire les courses on n'avait plus le droit que de 15 à 16.

– Autant crever de faim tout de suite, a dit papa quand il a su.

– Dis pas ça, Lazare, a dit maman. On se débrouille, tu le sais bien...

On était visibles avec notre étoile, très visibles. En même temps, Ils voulaient qu'on devienne invisibles. Juste le wagon de queue du métro.

Quand, le premier jour, je suis rentré au lycée avec mon étoile jaune, dans la classe j'ai entendu :

– On n'aurait pourtant pas dit...

C'est tout. Mes copains m'ont parlé comme avant et même un peu plus. Mais je me souviens du soir, au retour, dans la rue, où marchant la tête basse, un vieux monsieur à canne qui venait à ma rencontre, s'est arrêté devant moi, me coupant le chemin.

– Tiens, petit.

Il a sorti une pièce de sa poche et me l'a donnée. Je l'ai regardé dans les yeux. Il est parti en marmonnant « pauvre enfant ».

Des pauvres enfants comme moi, on était des milliers. Et des pauvres adultes, des centaines de milliers. Juifs. Juifs. Juifs. On se reconnaissait de loin dans les rues, dans le métro. Et celles qui essayaient de cacher l'étoile sous leur sac à main, je savais aussi. Je savais tout. Je croyais tout savoir jusqu'au jour où vraiment, je le jure, sans qu'on s'y attende, on a frappé à la porte.

Maman est allée ouvrir. C'était le commissaire de police. Le vrai, celui qui nous avait serré la main. Il voulait parler à papa et à maman, revoir leurs papiers.

– Laisse-nous, David.

Je suis allé m'enfermer dans une chambre. Je n'ai rien entendu tellement ils parlaient bas. Par contre, j'ai entendu la porte claquer quand il est parti.

Pourquoi ? Pourquoi vous ne m'avez rien dit ce jour-là ? Pourquoi ? Je vous aurais dit, moi, ce qu'il fallait faire. Sûrement pas m'envoyer dormir chez les Bianchotti dès le soir même et me mettre une claque. Ce n'était pas cela qu'il fallait faire. Mais vous avez fait comme vous avez cru bon pour moi. Et pour vous... ?

Quand on a entendu les cris, au tout petit matin du 16 juillet, avec madame Bianchotti, on s'est mis à la fenêtre. Un hurlement énorme, horrible, et dans la rue une masse de policiers. Madame Bianchotti, de sa toute petite force m'a mis la main sur la bouche.

Je ne sais pas dire la suite. Je ne veux pas. Je ne peux pas. Mais je le dirai quand même. Mon ventre me brûle, ma gorge me brûle. J'ai la tête qui tourne. Mais je le dirai. Je le dirai même si je dois mourir en l'écrivant.

Madame Weiss était dans la rue et deux policiers la tiraient par les cheveux pour qu'elle les suive. Elle pleurait. Elle appelait au secours. Personne ne l'aidait. Des maisons, on voyait sortir des familles, mes copains, les petits frères et sœurs. Ils suivaient leurs parents, sans un mot. Le silence. Rien que le silence pour couvrir les hurlements de madame Weiss. Et moi, j'ai vu papa et maman, une valise à la main et deux agents de chaque côté. J'ai vu qu'ils ont levé la tête vers ma fenêtre. J'ai vu qu'ils m'avaient vu et ils ont vu que je les avais vus. Et madame Bianchotti me serrait de plus en plus fort, pour m'étouffer. Papa et maman ont marché avec les autres, encadrés par la police. En dix minutes, il n'y avait plus un Juif dans notre petit quartier.

Ça y est. C'est dit. Je peux mourir. Et je ne

veux pas. Les yeux de maman vers moi. Les yeux de papa vers moi. Toute ma vie sans doute à revoir ces yeux, leur silhouette. Mes parents. Mes parents. Je suis seul. Revenez. Ne me laissez pas, vous ne m'avez pas dit « au revoir ». Je vous ai aperçus quelques secondes, juste avant que vous tourniez le coin de la rue, en file. Quelques secondes d'éternité tandis que madame Bianchotti sanglotait en m'étreignant, en m'embrassant.

– Ils reviendront, David. Ne t'inquiète pas. Ils reviendront.

Et de la fenêtre, j'ai vu les fenêtres d'en face se refermer, les rideaux se tirer. C'était fini. C'était la paix d'un petit matin de juillet dans une rue sans histoire où commençait mon histoire.

Avec toute ma violence, j'ai réussi à jeter madame Bianchotti par terre pour me dégager. J'ai dévalé les escaliers en pyjama et j'ai couru à leur recherche, à l'aveuglette, du mauvais côté. Je n'ai rien vu. Rien. Rien ne s'était passé. J'ai hurlé.

– Maman... Maman... Papa...

Puis je n'ai plus eu de force. J'ai marché lentement depuis la porte de Montreuil. J'étais seul. Définitivement seul. J'ai rejoint les bras de madame Bianchotti qui n'arrivait plus à parler. Elle me berçait comme un enfant et passait doucement ses doigts sur mes cheveux. J'aurais pu rester des heures mais papa m'avait appris à lutter même les larmes aux yeux.

– Dites, madame Bianchotti, qu'est-ce que je vais faire ?... C'est fini, vous comprenez... c'est

fini... Moi aussi, Ils vont me prendre quand Ils vont s'apercevoir que je manque. Il faut que je parte.

J'ai enfilé mes habits, déchiré mon étoile et je suis descendu chez nous, chez moi. Je n'avais rien remarqué en remontant. Sur la porte, il y avait des scellés. Deux marques de cire rouge et un fil entre les deux. Ma maison m'était interdite. J'ai arraché le fil. J'ai glissé ma clé dans la serrure. Je suis rentré chez moi de force. Je me suis allongé par terre, dans la salle à manger. Combien de temps j'ai pleuré dans l'odeur de ma maison, dans l'odeur de papa et de maman ? J'aurais été chien, je les aurais suivis à la trace. Je n'étais qu'un enfant. Pas un cri n'est sorti. J'ai tambouriné le sol de mes pieds. La rage. Une rage pure, impuissante tant elle était forte. Et puis il a bien fallu fuir parce qu'Ils allaient revenir. Mais je ne voulais pas. Ils avaient pris mes parents : Ils me prendraient. J'ai vite fait ma valise, enfournant tout, n'importe comment. Mes affaires. Mais les leurs ? Elles étaient là, dans l'armoire, dans les commodes, partout leur présence. Alors, comme un voleur, j'ai emporté leur photo de mariage que j'ai sortie de son cadre. Je l'ai mise dans ma valise. Jamais, jamais elle ne me quitterait.

J'ai claqué la porte. Je n'avais plus de chez-moi. Juste la vie et une photo.

Elle est toujours là, à côté de moi. Je les regarde. Je leur souris. Je n'ai plus de larmes. Je trace les mots comme un automate.

Madame Bianchotti a voulu venger son fils.

Elle que je n'avais vue qu'en mouchoirs mouillés s'est asséchée net. Son mari s'est remis à parler, quittant la photo de son fils souvenir.

– Les salauds, les salauds ! elle a dit. Ils n'avaient pas le droit de faire ça.

Elle est allée aux nouvelles et les nouvelles disaient des arrestations par milliers dans tout Paris et la banlieue.

– Tu vas rester là quelques jours. Et puis tu verras, ça s'arrangera.

Si je dis la vérité, ça s'est arrangé. Ça s'arrange toujours, moment par moment. Faut bien que ça passe. Mais quand on fait le total, comme aujourd'hui, c'est des arrangements qui peuvent conduire à la folie ou à la rage de vivre, coûte que coûte. Je ne sais pas si on choisit entre les deux. Il y a des heures où je crois que je suis fou, que je deviens fou mais je sais que les mots sur cette page disent que j'ai décidé de vivre, à n'importe quel prix. Une décision qui n'en est pas une. Une force qui vient de tellement profond, encore plus forte que la douleur.

Madame Bianchotti ne m'a pas laissé le temps de penser à mes parents. Une journée, pas plus. Celle du lendemain de l'arrestation. Deux étages plus bas, c'était chez moi et je n'avais plus le droit d'y retourner. Toutes mes affaires y étaient. Mes cahiers, mes livres, mes vieux ours en peluche soigneusement enveloppés et mes petits cyclistes en plomb. Des riens qui étaient tout. J'y ai pensé toute la journée, allongé sur le lit du mort. Lui aussi, je le vengerais. Et entre deux pensées mauvaises, je me mettais à sangloter.

Papa et maman ! Maman et papa ! Où est-ce qu'Ils vous avaient conduits ?

– D'abord à l'école Marcelin Berthelot, puis avec des autobus au Vélodrome d'Hiver, m'a dit madame Bianchotti.

Elle avait couru toute la journée dans Paris. Et elle en savait des choses ! Qu'une deuxième rafle venait d'avoir lieu mais qu'elle était presque ratée. Les gens s'étaient prévenus.

Et puis, sans que je lui demande rien, elle m'a tendu une carte d'identité. Une fausse, parfaitement vraie avec la photo de celle d'avant. Mais j'avais changé de nom et JUIF avait disparu. Je m'appelais Daniel Larcher. J'ai regardé, regardé, sans vouloir y croire. Comment avait-elle réussi ? Je savais bien qu'elle préparait quelque chose puisqu'elle m'avait demandé mes papiers avant de disparaître « pour faire les courses ».

– Il existe de braves gens, encore, en France, m'a simplement dit madame Bianchotti. Vraiment de braves gens...

Et c'est tout. Elle avait dû promettre le secret.

Moi, dès que j'ai su où ils étaient, j'ai tout inventé pour les délivrer. Mais comment faire ? Comment aller voir ? Madame Bianchotti me tenait prisonnier.

Je regrette, madame Bianchotti, d'avoir tout saccagé dans la chambre de votre fils mort où vous m'aviez enfermé, d'avoir cassé le crucifix et déchiré la photo de Bernard, d'avoir ouvert la fenêtre et d'avoir hurlé qu'on me rende mes parents. Pardon d'avoir fait voler en éclats la grande glace de l'armoire et déchiré en petits

PALAIS

morceaux les chemises, les costumes de votre fils. Mais je sais que vous m'avez pardonné. Vous m'avez même ouvert la porte avant que je la défonce avec la chaise que j'avais cassée et le manteau en marbre de la table de chevet avec lequel je cognais dans la serrure.

Je me suis jeté dans vos bras. C'était toute la chaleur que je pouvais mendier. Mon corps était tout froid malgré la sueur qui dégoulinait. Vous m'avez consolé sans un mot de reproche.

Adieu Montreuil, ma ville qui ne l'était plus. Avec une petite valise, j'ai suivi madame Bianchotti vers la gare du Nord. Durant tout le trajet, elle m'a fait répéter mon nouveau nom et toute ma nouvelle histoire. Dans le train, les Allemands m'ont fichu la paix aux contrôles. Mais c'est en descendant du train que la surprise est venue. J'étais toujours à Montreuil. Comme si ma ville m'était restée collée à la peau. Sur le quai de la gare se détachait en gros : MONTREUIL-sur-MER.

Un interminable voyage avec une vieille dame tout en noir, tout en deuil et qui ne voulait pas me dire que j'allais tomber entre les mains de messieurs tout en noir, comme elle, mais sans deuil.

Une grande, immense bâtisse noire, à côté d'une église.

Madame Bianchotti a fait résonner la cloche du portail. Un curé a ouvert.

– Je souhaiterais voir le père supérieur, s'il vous plaît. Dites-lui que sa sœur l'attend.

L'homme en noir nous a laissés à l'entrée. D'un geste réflexe, j'ai pris la main de madame Bianchotti, tout aussi surprise que moi. Et ce n'est qu'au bout de ce long voyage qu'elle m'a souri.

– Tu vas voir, ils vont bien s'occuper de toi. Tu n'as rien à craindre. Fais-moi confiance.

Comment lui dire que je n'avais plus confiance en personne, personne ? Pas même en l'homme en soutane qui est venu à notre rencontre. Il a embrassé madame Bianchotti du bout des lèvres mais je voyais qu'il était content et curieux.

– Venez !

Je les ai suivis sous les arcades de la cour d'honneur jusqu'au bureau du premier étage. Un silence effrayant régnait dans ce que je découvrais être une école ? Un lycée ? Quelque chose que je connaissais. Mais devant la porte du père supérieur, j'ai encore dû attendre, ma valise par terre.

Montreuil-sur-Mer. Montreuil-sur-Mer. Et lentement les larmes sont montées. Montreuil sur mère. Maman !

Madame Bianchotti m'a embrassé fort, très fort, ses deux mains plaquées sur mes joues.

– Tu es sauvé, David. Fais tout ce que dira mon frère. Il connaît ton histoire. Il sait tout... Pour tes parents, je vais faire tout mon possible.

Et elle est partie. J'ai senti sur mon épaule la pression d'une main, vite retirée, mais il y avait de la chaleur dans ce geste.

Et la petite silhouette de madame Bianchotti s'est effacée vers le portail.

Monsieur le père supérieur, je me réjouis du désordre que j'ai causé, de n'avoir rien fait pour que vous m'aidiez à m'aider. Je sais que vous n'avez pas voulu m'humilier mais vous l'avez fait. Il y avait dans mon cœur autant de haine qu'aujourd'hui. J'ai peut-être quelques excuses à faire, sans plus. Vous avez agi comme vous avez cru bon. J'ai agi comme j'avais à le faire.

Vous m'avez obligé à me rendre à l'église tous les dimanches, à faire de la gymnastique sur vos prie-Dieu. Vous m'avez obligé à réciter votre Pater... vous avez voulu me façonner pour que je ne sois plus moi. Mais ce que vous ignoriez, c'est que dans la poche de mon costume, comme un mouchoir oublié par mégarde, était restée cette étoile jaune qui disait qui j'étais.

Il a fallu que je prie chaque matin avant la classe. Il a fallu que j'écoute vos sermons où il fallait remercier le Seigneur. Et j'ai écouté... Merci Seigneur de m'avoir enlevé mes parents. Merci Seigneur de devoir me cacher pour vivre. Merci Seigneur de ne recevoir de lettres de personne. Merci Seigneur du trou à rats où vous m'avez fourré, où les premiers temps, à l'appel de mon faux nom, je cherchais dans la classe l'imbécile qui ne savait pas qui il était. Merci Seigneur de m'avoir fait connaître l'internat, la prison religieuse où ne filtraient du dehors que les nouvelles du dimanche soir quand rentraient les veinards qui avaient un correspondant en ville.

Assez de merci. Assez de pitié. Je vous ai haï, monsieur le père supérieur, de me faire assister à vos cours d'instruction religieuse où les Juifs étaient les assassins du Christ. Mais j'ai bien compris que votre Christ était juif. Alors pourquoi tant de mensonges ? Je vous ai haï d'avoir voulu me convertir.

J'étais trop secoué, le premier mois, pour résister. Je me suis vite repris. Dehors, c'était la mort assurée. Chez vous, c'était une autre mort, à l'abri de hauts murs où la seule réalité avait nom *locatif, datif, ablatif* et autres foutaises quand les Nazis faisaient régner l'ordre. « Jésus crie, Jésus crie, Jésus crie », voilà ce que je me répétais à longueur de messes contre votre Jésus-Christ.

Et vous vous souvenez, lorsque vous m'avez convoqué pour m'expliquer qu'il fallait que je sois comme les autres, que je ne me fasse pas remarquer parce que ça pourrait être grave ? Que de précautions ! Comme si je l'ignorais. Quarante dans un dortoir. Trouvez le Juif ! Un nouveau jeu. Ce n'est pas à son nez qu'on l'aurait reconnu mais aux larmes qui ruisselaient comme au pays du lait et du miel dont il était toujours question dans les prêches. Et puis vous m'avez expliqué la confession, la communion et pour un peu le baptême. Ça vous chatouillait d'être en faute avec Dieu...

Je suis peut-être injuste. Je vous charge peut-être d'intentions que vous n'aviez pas. Mais je ne sais pas sur qui faire tomber la foudre.

Fou. Vous m'avez rendu fou. Chaque soir, après la prière, le coucher et l'extinction des lumières, je pensais à la vengeance. Oui, oui, vous m'avez sauvé la vie mais pour que je crève de façon plus atroce encore. Crever par la pensée qui roule, qui roule et qui s'envole vers la photo de mes parents, que j'allais chercher dans la petite armoire à la tête de mon lit. Sans réveiller personne, je la sortais pour la regarder. Mais que voir dans le noir ? Tout. Jusqu'au moindre détail. Papa à gauche, maman à droite. Et l'expression de leur visage, leur costume... Papa et maman, présents, toujours. Par cœur. Et puis les soirs de trop grande tristesse, je n'avais pas même le cœur de me lever. Et là, malgré tous mes efforts, rien à faire pour faire resurgir leur silhouette. Impossible. Impossible. Et j'essayais, je m'épuisais jusqu'à l'effondrement. Il fallait qu'on me secoue pour que je me réveille. Et subitement, sans l'avoir cherché, leur visage surgissait, mouillant ma journée.

Et puis la colère. Immense, mûrement préparée.

Dimanche et la messe encore. Je me suis avancé vers l'autel, la main posée sur ma poitrine. C'était totalement inattendu. Tous les regards étaient tournés vers moi. Je les sentais. Les curés n'ont pas osé m'arrêter. Et, avant que commence la cérémonie, je me suis retourné vers tous ceux dont j'ignorais le nom, ceux dont je ne voulais pas connaître l'existence. J'ai ôté la main de ma poitrine et l'étoile jaune les a éclaboussés de sa salissure. Puis, sans un mot, j'ai regagné mon dortoir, mon lit.

Qu'elle était douce au toucher cette étoile jaune mal accrochée par une épingle à nourrice volée à la lingerie. Un tissu de déshonneur qui me rendait à moi-même.

Par mon geste fou, je n'étais plus fou. J'étais étendu sur mon lit, sur le dos, respirant tranquillement, mes grosses galoches sur le couvre-lit. Rien ne pouvait plus m'arriver parce que je savais à nouveau qui j'étais.

Je me souviens encore de ma respiration lente, largement ouverte tandis que je caressais mon morceau d'étoffe.

Pour la première fois, maman et papa, vous m'êtes réapparus avec un sentiment de joie, oublié depuis si longtemps. Cette étoile jaune nous réunissait à nouveau après de longs mois. Vous la portiez lorsqu'Ils sont venus vous arrêter. Je la portais comme vous, comme avant, comme quand vous étiez là. Une matinée toute de chaleur. Je vous avais rejoints.

Monsieur le père supérieur, dans son bureau ciré et nu, n'a pas osé m'ordonner d'enlever « ça ». Je voyais ses yeux de colère. Il voyait les miens, plus violents encore.

Alors il s'est levé. Il s'est approché de moi. Il a passé sa main sur mes cheveux ras. Je me suis vite détourné. Il avait été plus vif.

– Je prierai pour toi, David. A partir d'aujourd'hui, tu n'es plus des nôtres. Mais je ne t'abandonnerai pas...

Est-ce qu'il prie encore pour moi, monsieur le père supérieur ? Là, maintenant, à cet instant précis ? Il m'a oublié. Mais si jamais il a tenu sa promesse, qu'il ajoute d'autres prénoms à celui qu'il m'a rendu : qu'il prie pour eux, si ça sert à quelque chose, si ça lui fait plaisir, si il y croit. Moi, je pense à eux : c'est tout, dans le silence et le soleil qui vient de rentrer dans la salle de classe. Qu'il les rajoute sur le grand registre que tient Dieu pour inscrire les bonnes et les mauvaises actions. C'est lui qui me l'a appris. Peut-être que Dieu n'aura pas assez d'encre dans son stylo. Qu'il prie pour qu'il ait suffisamment de bouteilles de Waterman bleu. Moi, je n'ai qu'un crayon noir qui s'use trop vite et mes feuilles à carreaux.

C'est pourtant vrai qu'il ne m'a pas abandonné, monsieur le père supérieur. Un petit peu. Juste une semaine où j'ai été privé de prières et logé à l'infirmerie. J'allais contaminer avec mon étoile.

Une semaine où je pouvais être moi-même, librement, porter mes habits à moi, ceux volés à la maison et cousus par maman. Fini l'uniforme bleu et la blouse. Jamais je ne pourrai dire le bonheur de les enfiler à nouveau, de sentir sur moi l'odeur de la maison que j'étais certain de reconnaître. Je me suis mis à renifler mes vêtements comme un chien humain. Quelque chose restait de qui j'avais été. J'étais libre. Les cours n'étaient plus obligatoires. J'allais partir. Je le savais. Et je me suis même permis de m'allonger sur le gazon de la cour d'honneur. Mais la peur est revenue, lentement. Qu'est-ce que j'allais faire, une fois ma valise récupérée, tout seul devant la porte de l'internat ?

Monsieur le père supérieur est venu vers moi, un bel après-midi, tandis que je jetais un à un des cailloux dans le cloître, m'ennuyant à mourir.

– Tu pars, David. Tout est prêt. Je t'avais bien dit que je ne t'oublierais pas.

Et la panique m'a repris. J'aurais aimé me serrer contre vous, monsieur le père supérieur, pour que vous me protégiez. Je sais que vous l'avez lu dans mes yeux. Je le sais. Parce que les vôtres se sont faits doux, amicaux. Je sais que vous m'avez respecté ce jour-là, cette minute-là. Vous saviez quelle détresse se cachait sous l'orgueil d'un gamin qui vous avait nargué. J'aurais voulu m'agripper à votre soutane. Je n'ai fait que serrer les poings.

Je vous ai suivi, sans que vous m'ayez dit le moindre mot, jusqu'à votre bureau grand ouvert.

Un homme se tenait là, droit, de dos, fixant la photographie du Maréchal et la croix, juste en dessous.

Un homme en complet sombre, bien taillé. Vous êtes entré. Moi, je n'ai pas pu franchir le seuil. L'homme ne s'était toujours pas retourné. A ses pieds, ma valise que vous m'aviez demandé de préparer.

Et les images atroces sont revenues. Ils étaient venus chercher mes parents. Lui, venait me chercher. Je jure que je n'ai pas tremblé. Jamais IL ne m'aurait. J'ai décanillé en une fraction de seconde. J'ai couru jusqu'à l'escalier. J'ai sauté quatre marches en tenant la rampe. J'ai de nouveau sauté quatre marches et je me suis écroulé, la tête en avant, assommé.

J'ai ouvert les yeux, l'homme à la valise était devant moi tandis que le père supérieur me tenait la nuque. Je n'avais rien. Je me suis redressé d'un bond. L'homme à la valise m'a retenu par le poignet au risque de me le casser.

– Maintenant, c'est fini. Sois sans crainte.

Il portait une moustache et de grosses lunettes de myope.

– *Ourem Kind,* il m'a dit.

Et j'ai compris. La langue magique de papa et de maman chantait à mes oreilles. L'homme à la valise disait les mêmes mots qu'eux, en yiddish : « pauvre enfant ».

Je me suis collé contre lui. Il me protégerait du malheur.

Merci monsieur dont je ne connais pas le nom. Merci monsieur le père supérieur de m'avoir confié à lui.

Il a pris ma valise, a posé sa main sur mon épaule et les hauts murs se sont ouverts.

Libre. Libre enfin. Une longue marche lente jusqu'à la gare tandis que trottait dans ma tête une question que je n'osais pas poser. Je regardais les vitrines, les vélos, les rares voitures, les queues devant les magasins. Et puis l'énorme question est sortie d'une toute petite voix, juste devant la gare.

– Dites, monsieur, vous me ramenez chez mes parents ? On les a retrouvés ?

Il n'a pas fait celui qui n'avait pas entendu. Il a posé ma valise. Il m'a pris par les épaules. Il m'a regardé droit dans les yeux.

– Écoute, David. Il n'y aura pas de mensonges entre nous. J'ignore où sont tes parents, ce qu'ils sont devenus. On fera tout pour les retrouver. Mais ce qui compte, c'est ta vie. Je vais te conduire dans un endroit sûr. Je suis juif, comme toi. J'ai la charge de sauver les enfants juifs. Ne me demande pas mon nom. Oublie ta ville, ta maison, tes parents. Sauve ta vie, la tienne. Tu sais, on n'en a qu'une.

Jamais je n'oublierai vos mots, monsieur dont j'ignore le nom sans accent et à moustache. Vous avez eu raison malgré mes larmes et la limonade que vous m'avez offerte au buffet de la gare. Vivre. Vivre jusqu'à la mort. Le reste...

Il est remonté à la surface dans le train pour Paris où j'ai dû remontrer ma vraie fausse carte d'identité aux soldats nazis du contrôle.

Je me souviens que j'ai posé ma tête contre votre épaule. Une immense chaleur.

Paris. Paris dans quelques heures. Et Montreuil, chez moi, à quelques stations de métro. Mais je n'irais pas. Ma rue interdite, ma maison interdite, la boutique fermée. Oh monsieur, juste un détour, s'il vous plaît, un tout petit détour de rien du tout. Une minute. Peut-être qu'ils sont revenus. Et puis s'ils ne sont pas là, aller embrasser madame Bianchotti. Non. Tout était interdit. Je le savais. Et puis des larmes, je n'en avais plus.

La tête toujours posée contre votre épaule, je me suis endormi.

Si je pouvais le faire en cet instant, là, maintenant. Pouvoir poser ma tête sur mes bras, à la table d'écolier où je suis, je le ferais. Mais je ne cesserai pas d'écrire jusqu'à ce que tout soit dit.

Je vois les mots qui dansent devant mes yeux. Je ne renoncerai pas. Mon écriture est serrée, serrée. Tout dire, le plus vite possible, pour dormir...

Je n'ai pas tout dit. Je n'ai pas pu tenir ma promesse. J'ignore ce qui s'est passé. Je viens de me réveiller, allongé sur le sol. Combien de temps est-ce que je suis resté sur le plancher ? Impossible à dire. Je sais seulement qu'il est tôt, que je suis allé dans la cuisine, que j'ai mangé trois œufs sur le plat et un énorme morceau de pain dur. Dehors, le soleil se lève. Le parc est envahi de rosée blanche. C'est beau. J'ai repris mon crayon. J'ai froid. Je suis monté au dortoir chercher deux couvertures. Une sur le dos, une qui m'enveloppe les jambes.

Monsieur dont j'ignore le nom, vous m'avez conduit ici en passant par Paris. Un saut d'une gare à l'autre. L'attente et les souvenirs qui revenaient, montaient, vite et fort, au point que j'ai pensé m'enfuir un instant.

C'est à ce moment-là que vous m'avez regardé. Je sais que vous aviez deviné. Et derrière vos grosses lunettes de myope, j'ai vu perler une goutte.

Peut-être qu'Ils vous les ont tous pris aussi, les vôtres ? Peut-être que vos pensées étaient comme les miennes dans la salle d'attente des 2ème classe ? Peut-être que vous aviez une femme, des enfants, que vous ne saviez pas où ils étaient ? Mais je n'avais rien le droit de vous dire, de vous demander.

Je me souviens seulement que j'ai posé ma main sur la vôtre et que vous ne l'avez pas retirée.

Vous aussi, monsieur, vous avez peut-être voulu vous échapper pour voir votre rue, votre maison.

Et la mienne ? Si d'autres avaient pris ma chambre, mes affaires, les affaires de papa et maman ? Si... ?

Et les larmes sont revenues, sans aucune retenue. Ça ne servait à rien, juste à faire mal à la gorge. Je le savais. J'avais tellement l'expérience. Autant que ça sorte. Et puis, ce n'est pas vrai qu'on est un homme quand on ne pleure pas.

Vos lunettes étaient tout embuées. C'est quand on n'est pas un homme, pas un être humain qu'on ne pleure pas. C'est quand on est vide de sentiments. Moi, je suis presque un homme : personne ne m'empêchera jamais de pleurer.

Une sale attente. Et puis l'heure est venue de partir vers le Sud.

Pourquoi vous ne m'avez pas dit votre nom, même un faux ? J'aurais pu vous parler pendant les heures entières qu'on a passées ensemble sur les banquettes en bois du compartiment, direction Brive.

Je ne sais pas pourquoi mais vous aviez une tête à vous appeler Max. Alors vous êtes monsieur Max, pour moi.

Tant de choses à se dire et rien n'a été dit. Juste quelques mots dans le couloir en chuchotant. Quelques questions sur mon âge, mes études, ce que je voulais faire plus tard... Il y

BRIVE

avait tellement de mots à ne pas prononcer. Les mots les plus simples : ton père, ta mère, votre femme, vos enfants. Rien n'a jamais été dit. Tout était pourtant prononcé en langage des yeux. Même les myopes savent parler. Merci monsieur Max. J'ai même pu rire, un moment, je ne sais plus pourquoi, et j'ai vu votre visage s'illuminer. Oui, je venais de rire.

Rire et pleurer : vivre. Vous avez ri aussi.

Et ce sont des éclats de rire – les premiers que j'ai voulu entendre – qui m'ont accueilli après un long trajet en autocar avec monsieur Max.

Entre-temps, à G., tous les deux sur la banquette arrière, il m'a dit le secret.

– Dans un quart d'heure, on sera arrivé. Tu vas être vraiment libre. Tu pourras t'appeler David à nouveau, être juif autant que tu voudras. Tu vas dans un home d'enfants juifs. Tu verras... Moi, je vais repartir pour recueillir d'autres gosses. Toi, tu ne l'es plus. Tu es grand. Tu as sans doute beaucoup vieilli en si peu de mois, mais surtout, n'oublie jamais : lutte, lutte jusqu'au bout. Et puis, tes parents, tu sais, peut-être que tu les reverras...

Le car s'est arrêté devant une épicerie-buvette-tabac. Seuls, monsieur Max et moi sommes descendus. Alors j'ai compris ses derniers mots et son silence de tout le trajet. Bien sûr que je reverrais mes parents. C'était la surprise qu'il me réservait. Une surprise sans nom. Et je jure n'avoir jamais marché aussi vite sur la route qui s'éloignait du village et qui montait dans une châtaigneraie.

Je savais qu'au bout de la route, ils seraient là.

– Et puis tes parents, tu sais, peut-être que tu les reverras.

J'ai effacé le « peut-être ». Je les reverrai. Plus que quelques centaines de mètres, tout de suite après la bifurcation et le chemin creux dans le sous-bois.

Au loin, sur une petite hauteur, une bâtisse de pierre rose. C'était sûr. C'était sûr. Et je me suis mis à courir vers mes parents. Ils étaient là. Là. Plus que quelques pas. Leurs bras prêts à me recueillir. Plus qu'un perron à gravir, pousser la porte. Le bonheur indicible.

La détresse indicible. Ils n'étaient pas au rendez-vous.

Vous m'aviez trompé, monsieur Max. Vous comme tous les autres.

Je sais que je suis injuste. Je sais que je me suis trompé tout seul : c'était mon seul espoir.

– Et puis, tes parents, tu sais, *peut-être* que tu les reverras...

« Peut-être. » Tout avait tenu dans cet espoir imbécile, si normal. Non, monsieur Max, je ne vous en veux pas. Je ne vous en veux plus. Je vous aime. Vous avez été mon camarade de trois jours épuisants. Trois jours de réconfort, de folle espérance...

Et puis une immense maison sans mes parents pour m'attendre. Que des éclats de rire et des chants qui venaient de je ne sais où.

Monsieur Max m'a rejoint.

– On est arrivé. Tu vas voir.

J'ai vu.

Une petite bonne femme aux yeux extraordinaires est venue à notre rencontre. Une petite bonne femme qui a embrassé monsieur Max et qui, sans que je m'y attende, m'a pris par la main en m'appelant par mon prénom.

– Viens, David.

Comment elle savait ?

Monsieur Max est entré dans le château. Moi, j'étais avec madame Lonia sans chercher à ôter ma main de la sienne. J'étais saoul de fatigue, incapable de comprendre, incapable de laisser exploser ma déception – le mot est trop faible – j'étais K.-O. Mais la petite bonne femme, de sa petite main ferme m'a entraîné vers le parc.

– Regarde cette fleur, David. Elle est belle, non ?

Je m'en foutais de votre fleur, madame Lonia. Qu'est-ce qu'une fleur pour remplacer des parents ? Les fleurs c'est fait pour mettre sur les tombes. Votre petite fleur jaune, j'aurais aimé vous la faire avaler. Mais vous y teniez tant. Alors vous vous êtes baissée pour la cueillir. Vous me l'avez offerte, madame Lonia.

– Tiens, David, sois le bienvenu parmi nous.

Il y avait tant de vérité dans votre voix franco-russe que je me suis assis par terre, la fleur à la main et les yeux trempés. Vous vous êtes assise à mes côtés, attendant sans impatience que je retrouve la vue, la vie, et que je regarde la fleur jaune, mes mains, l'immense chêne du pré et les premiers buissons avant le bois, tout au fond du parc. Et puis que mon regard rencontre à nouveau le vôtre, le tien, Lonia, toi qui m'a appris à te tutoyer.

– La vraie vie commence, David. Ici, tu n'as rien à cacher, tu n'as rien à te cacher. Fini les mensonges. Tu oublies toutes les histoires, les secrets, la fausse vie que tu as dû raconter, te raconter. Ici tu es juif, fils de Juifs. C'est un honneur, David, alors que ça ne devrait être qu'une chose tellement normale.

Et puis Lonia a continué tandis que je m'endormais sur l'herbe, libéré de tant de mois de fausse vie, de fausse identité, de faux tout. Peut-être qu'il faut être redevenu soi, pour s'endormir ? A moins d'être épuisé. J'ai senti un baiser. Je n'ai pas sursauté. J'étais heureux. Je ne pensais même plus à mes parents.

Au réveil, Lonia était toujours là, assise sur l'herbe dans sa robe bleue. Elle n'était plus seule. J'étais entouré de gosses de tous âges qui attendaient, en rond. Et dès que j'ai ouvert les yeux, une chanson a démarré, douce :

Bonjour, bonjour, bonjour à toi
Et bienvenue,
Chantons notre joie tralala.

Je me souviendrai toujours de ces paroles stupides, ridicules à écrire mais si sérieuses et si vraies, de cet air d'une simplicité crétine où se mélangeaient des accents qui me rappelaient la voix de mon père. J'ai tremblé. La chair de poule. Mais pas une larme.

Il y avait là deux jumelles à nattes, toutes petiotes, un immense garçon tout poilu, en short.

Bonjour, bonjour, bonjour à toi
Et bienvenue,
Chantons notre joie tralala.

C'est tout ce que j'ai vu. Les autres, j'ai appris à les connaître jour après jour. Ils m'ont accompagné jusqu'au perron. Je me suis retourné. Lonia suivait tout son petit monde, un sourire aux lèvres.

– Tu t'appelles comment ?
– D'où est-ce que tu viens ?
– Comment tu t'es échappé ?
– Tes parents, ils sont où ?
– Tu as mangé ?
– Les Boches, ils t'ont torturé ?

Ida. Rachel. Samuel. Hélène. Vos noms me reviennent un à un. Maurice. Hanna... Vous tous, même si je vous ai parfois détestés, si l'envie m'est venue de vous casser la gueule. Vous tous avec qui j'ai ri, vos noms sont une longue liste à inscrire en colonne. Je n'en ai pas la force. Vous devriez être présents, maintenant, à côté de moi : je suis seul.

Vous m'avez saoulé de toutes vos questions.

– Et la Gestapo, tes parents y ont eu droit ?
– Moi, mon frère, ils l'ont tué en pleine rue mais il est mort en en tuant UN.

Vous aviez tant de choses à dire, sans retenue, au nouveau qui arrivait et qui trouvait dans le calme du Lot davantage de souffrance que la sienne.

Et pourtant, jamais, jamais votre malheur n'a effacé le mien. On partageait, c'était déjà pas si mal.

Comment vous répondre, vous que je ne connaissais pas encore ?

Et toi, Perla, la plus petite, haute de tes cinq ans ? Tu m'as attrapé par le short. Tu as tiré fort de tes toutes petites mains pour que je te regarde. Et tu m'as demandé :

– Dis, tu l'as vue ma maman de là où tu viens ?

Il n'y a qu'à toi, ce jour-là, que j'aurais aimé répondre. Une réponse-question identique.

– Dis, Perla, tu les a vus mes parents de là où tu viens ?

Mes parents, les tiens, emportés dans un tourbillon que les hauts murs des pères m'avaient caché.

J'étais trop fatigué pour réfléchir. Je tenais toujours la fleur jaune à la main. La foule des enfants m'a entraîné jusqu'au premier étage, comme s'ils me portaient, petits et grands, pour me déposer sur *mon* lit, dans le dortoir des garçons.

Je n'ai compté les lits qu'à mon réveil. Dix lits. Dix enfants. Deux autres lits vides attendaient...

Ils m'avaient laissé dormir longtemps. Combien ?

Les murs étaient nus. Sur ma table de chevet : la fleur jaune dans un verre. Pour qu'elle vive. Et puis... Je l'avais oublié. Il fallait que je lui dise au revoir. Monsieur Max, pourquoi n'était-il plus là ?

– Il est parti sauver d'autres enfants, m'a dit Lonia quand elle m'a fait entrer dans son bureau, à côté de la cuisine.

Ses yeux ne pouvaient pas mentir.

Maintenant encore, je suis sûr qu'il est monté dans mon dortoir avant de partir, qu'il m'a embrassé sur le front.

Un jour, je le retrouverai. Et tous les enfants qu'il aura sauvés l'embrasseront comme moi.

J'étais dans le bureau de Lonia. Un lit dans un coin. Un bureau, une chaise, un bouquet de fleurs et une bonne odeur de cire.

Lonia s'est assise sur son lit. J'étais sur la chaise.

– Tu as bien dormi, David ? Tu en avais bien besoin... Mais avant que tu retrouves les autres, je dois t'avertir. Ici, c'est la liberté mais c'est aussi, surtout, l'entraide. Tu entends, David, *l'entrrraide.*

Oh oui, j'avais entendu. Il y avait tant de poids sur la roulade du « r », un tel accent chantant.

– Ici, chacun de nous dépend des autres. Et comme tu es parmi les plus grands, quand vous aurez fait connaissance, tu t'occuperas des plus petits, tu les aideras, tu leur raconteras des histoires, tu inventeras... J'ai confiance en toi. Confiance en chacun de vous.

Je buvais ses paroles, sérieux, certain qu'ici le Mal n'existait plus, qu'il ne restait que le chagrin, un gros chagrin qui passerait peutêtre.

Lonia m'a convaincu. Je ne savais pas vraiment ce qu'elle attendait de moi. Moi, je savais ce que j'attendais d'elle. Et elle n'est plus là non plus.

J'ai laissé tout à l'heure mon crayon pour aller regarder son bureau. Le lit est fait. Le bouquet de fleurs sur la table est fané. Je le remplacerai. Lonia, elle qui se levait tous les matins à 6 heures, qui encaustiquait toute seule son parquet et qui était là dès que nous nous levions pour nous offrir son sourire de vie... Lonia, est-ce que je la reverrai ? Est-ce que j'entendrai encore chanter sa voix même quand elle était menaçante et sévère ? Dis, dis-moi qu'on se reverra.

Si je ferme très fort les yeux, peut-être que je l'entendrai me le dire.

Le silence de la maison me fait peur. Je n'ai pourtant rien à craindre. Le pire est arrivé. Le reste, à côté... Mais j'ai peur quand même. Rien ne peut plus m'effrayer. J'ai peur. Peur de dire ce qui s'est passé. Peur de ma solitude, des bruits absents, ces rires, ces larmes, ces accents de tous les pays d'Europe venus se perdre dans un vallon du Lot : lithuanien, allemand, autrichien, tchèque, hongrois, flamand et même français du midi avec les « e » au bout des mots. Vos voix manquantes, c'est plus dur à supporter que tout. Il ne me reste que les murs à qui m'adresser. Hélène, toi dont j'ai détesté l'accent, reviens me crier aux oreilles. Reviens jusqu'à ce que j'en devienne sourd. Mais reviens, je t'en supplie, me raconter une nouvelle fois comment tu as traversé à pied des pays inconnus pour trouver la paix, ici, en pleine guerre. Raconte. Raconte. Je veux qu'on me raconte des histoires, n'importe lesquelles, qu'on ne me laisse pas avec *mon* histoire. Surtout pas.

Vite, vite, que quelqu'un me parle, comme Lonia, le soir, quand elle venait dans notre dortoir nous raconter une histoire. Je sais : je faisais le grand, le fier. Les contes pour gosses, c'était pas pour moi. Mais si elle savait comme j'écoutais, sans perdre un mot...

Elle s'asseyait sur une chaise, au centre de la pièce et elle racontait un autre monde, un livre à la main qu'elle ne regardait pas. Ses yeux sautaient d'un visage à l'autre. Les plus petits se cachaient. Chaque soir défilaient un prince, une princesse, des animaux magiques ou de vrais enfants avec de vraies souffrances parce qu'ils avaient perdu leurs parents puis ils les retrouvaient. Lonia entendait les sanglots et séchait les pleurs à la fin, passant de lit en lit avec une parole douce : un bonbon pour la nuit.

J'ai suivi Sindbad le Marin, Ulysse, Aladin et sa lampe merveilleuse, le Petit Poucet. A la fin, il est riche et il retourne chez ses parents. Et mes larmes coulaient et Lonia le savait bien. Je n'étais peut-être pas si grand que ça. Mais toute ma vie, je me souviendrai de l'histoire des brigands. J'avais peur. Si peur qu'elle me réveillait la nuit, des mois et des mois avant que je devienne vraiment grand et que d'autres histoires viennent me réveiller, avec plaisir, celles-là.

C'était pourtant une histoire de petite fille. Ni le début ni la fin ne me reviennent. Je n'ai pas voulu les entendre. Je sais seulement qu'on lui remet une lettre à donner en arrivant quelque part. Mais elle ignore ce que contient la lettre : l'ordre de la décapiter sitôt qu'elle aura remis le papier. J'en ai encore la chair de poule. Les intonations de Lonia sont là, bien là. Et j'ai peur. Peur d'une histoire de rien du tout alors que j'ai vécu l'horreur, qu'il faut que je la dise et qu'une petite fille avec sa lettre vient tout embrouiller. Je n'y comprends rien. Plus rien. Plus tard, si j'ai des enfants, jamais je ne leur raconterai l'histoire de la petite fille. En plus, je ne la connais même pas en entier.

Mais qu'est-ce qu'elle vient foutre là ? J'ai envie de t'étrangler, sale histoire pourrie qui passe par ici pour m'empêcher d'avancer.

Et puis, à quoi ça sert mes petits bouts de papier, mes petits bouts d'histoires ? A quoi ça sert tant d'acharnement alors que je ne peux rien, rien, rien ? J'arrête. Je vais dormir. Pourquoi me presser pour raconter une histoire qui n'intéresse personne, dont tout le monde se fout, qui ne servira jamais à rien ? Oui, je sais que je la terminerai parce que je l'ai juré, parce que je vous l'ai promis, papa et maman, pour quand on se reverra mais je sais bien qu'on ne se reverra jamais. C'est tellement sûr. L'espoir fout le camp plus les heures passent. Dormir. Je veux dormir. Pourquoi me tuer tout seul quand Ils n'ont pas réussi à le faire ? Ils avaient les moyens pourtant. Dormir pour oublier, oublier, oublier. Dormir en me berçant tout seul. Je sais bien où je pourrais aller pleurer, parler, mais je ne le ferai que quand ça sera fini, quand j'aurai tout raconté, tenu parole. Alors la vie reprendra.

J'ai été réveillé en sursaut. Mais incapable du plus petit mouvement. Tout mon corps n'était qu'un bloc de marbre, sans fissure. Impossible d'étendre la main, de déplacer mes jambes.

Un visage était penché sur le mien. Un visage connu. Mes bras n'arrivaient pas à étreindre son cou, à aller vers lui. La grosse moustache de monsieur Rigal. Je devais avoir l'air fou, comme ça, couché sur le dos, les yeux grands ouverts, à le regarder. Il était assis sur une chaise, attendant mon réveil. Ses bons gros yeux d'ours. Sur sa joue, la trace d'une larme, vite effacée par son mouchoir. Il s'est épongé le front, retirant sa casquette de garde champêtre.

– Demande-moi ce que tu veux, David. Je te donnerai tout ce que j'ai, tout... Je passais juste, à cause des girolles... et puis je me suis dit que tu étais peut-être revenu.

Une voix de rocaille.

– C'est tellement dégueulasse ce qu'ils ont fait.

Inutile de le dire. C'était marqué sur votre barbe mal rasée, vos traits tirés, vous toujours rigolard.

C'est vous qui avez sombré le premier. C'est vous qui vous êtes effondré dans mes bras en sanglotant. C'est vous que mes bras ont enlacé, enfin dégourdis. Ma main, sur votre dos, sentait les hoquets qui vous déchiraient. David, quinze ans, consolant un gaillard d'une cinquantaine d'années. Absurde. Et pourtant...

Ce réveil inattendu, cette présence d'un homme qui ne cachait pas son chagrin, un homme normal, m'a remis d'aplomb.

– Ne vous inquiétez pas, monsieur Rigal, vous avez fait tout ce que vous avez pu... Vous n'y êtes pour rien... Et puis ça ne sert plus à rien de pleurer... Regardez-moi : je pleure ?

J'ai vu sa grosse tête frisée quitter ma poitrine, se redresser avec dignité et me regarder pour une excuse. Puis, sans un mot, il a sorti de la poche de sa grosse veste en velours un énorme morceau de pain, un saucisson. Il a pris son couteau et s'est mis à partager.

Nous avons mastiqué lentement. Lui était assis sur le lit de Maurice qui toutes les nuits poussait des hurlements. Le matin, il ne s'en souvenait plus.

Ils me manquent tes hurlements, Maurice, même si j'ai souvent voulu te faire taire en t'étouffant sous ton polochon.

Monsieur Rigal attendait une parole, un pardon de s'être laissé aller à ce qu'il croyait être une faiblesse. Il n'a reçu en retour qu'un sourire qui lavait tout. Et j'ai vu son sourire naître humblement. Et tous les deux, en même temps, nous avons haussé les épaules.

– Je ne peux pas te laisser, David. Viens chez nous. Ma femme s'occupera de toi. On se tapera la cloche, tu verras... On rira...

Merci monsieur Rigal. C'est à vous que je devais la vie. Mais il fallait que j'achève un moment de la mienne, seul, dans une maison vide. Après...

Je n'avais plus peur de rien, de personne. Et ce garde champêtre qui parfois m'avait fait trembler lorsque j'allais au village parce qu'il parlait tout seul, un peu éméché, je l'ai pris par la manche pour lui montrer, pièce après pièce.

Le dortoir des filles, à côté, avec quelques nounours encore endormis dans des lits défaits. Des tables de chevet bourrées de trésors : poupées-fétiches, lettres sans prix, photos dont je ne voulais pas imaginer qui elles représentaient.

La grande salle d'eau et sa file de robinets. Les brosses à dents dans les verres et le savon de Marseille tout sec.

La cuisine où madame Salviac trimait dès le matin. J'y avais déjà pénétré et mes restes de repas étaient toujours sur la table.

De la fenêtre, on voyait le potager qu'on arrosait à tour de rôle, chaque soir. Les haricots que personne ne viendrait cueillir, les laitues... Des fruits à jamais secs. Et pourtant que d'arrosoirs on s'est passé de main en main, en chantant. Les plus petits peinaient mais tenaient tant à faire plaisir à Lonia. Ils refusaient obstinément qu'on les aide. Eux aussi travaillaient pour la collectivité. Où est-elle ? Dites, où est-elle ?

Je sais qu'en me suivant, muet, monsieur Rigal n'a pas pu savoir ce qui se cachait derrière chaque objet mal rangé qu'un seul regard de Lonia aurait replacé au bon endroit, en une fraction de seconde. Le foulard de Sarah... Comme elle y tenait. Il était là, dans la grande salle à manger, posé sur une chaise. Je sais, monsieur Rigal, que la catastrophe était si énorme que les détails ne vous intéressaient pas. Pour moi, c'était ma vie, notre vie, accrochée à des riens.

Rien que des riens, juste en passant. Le piano, là-bas, collé contre le mur...

Si j'écris, c'est aussi parce qu'il était là. Sans lui...

Maman et papa, j'ai d'abord désobéi à Lonia, mais c'était tellement fort. Dès que j'ai vu le clavier, je me suis précipité au lieu d'aller aider à la cuisine. Les leçons chez la vieille dame-poil-au-menton et son métronome... vos heures supplémentaires... C'est pour vous que j'ai joué les *Sonatines,* que j'ai essayé parce que mes doigts étaient rouillés et que les fausses notes emplissaient la maison. J'ai frappé des poings sur les blanches et les noires. La colère.

Je n'ai pas senti la présence de Lonia.

– Ça ne sert à rien de s'énerver. C'est tellement bien de savoir jouer d'un instrument, de faire partager la beauté. Recommence, David, recommence jusqu'à ce que ce soit le plus beau possible...

Pour elle, pour vous, j'ai recommencé, pour que vous soyez ici, avec moi, présents. Et toute la petite colonie est venue m'entourer tandis que je reprenais un air plus simple, plus doux : une petite étude de débutant. Et quand ils ont tous applaudi, émerveillés, j'ai compris qu'ils m'avaient adopté.

– Dis, David, tu m'apprendras ? m'a demandé la petite Perla.

Je l'ai prise dans mes bras. Je l'ai embrassée.

– David, j'aurai à te parler, à propos du piano, m'a dit Lonia. Mais on a le temps...

Vous ne saviez pas, monsieur Rigal, vous ne

saviez rien. Je crois que vous deviniez des miettes seulement, et pourtant mon regard, pendant toute notre inspection, ne s'est jamais porté vers vous.

Vous avez vu derrière la porte du bureau de Lonia, la grande carte d'Europe et les drapeaux qu'elle plantait tous les jours en les déplaçant. Comment elle savait ? Peut-être les messieurs Max qui passaient et disparaissaient...

Une fois par semaine, elle nous obligeait à nous asseoir par terre. Et elle racontait une histoire qui nous rapprochait de plus en plus de nos parents. Parce que les petits drapeaux disaient les débarquements en Italie et l'avancée des Alliés.

– Bientôt, il ne restera plus un seul Nazi...

Comme j'ai pu y rêver, oubliant les détails, à cette fin que Lonia annonçait pour bientôt... Comme je l'ai aimée de me rendre espoir... Il est parti avec elle mais elle a tellement fait. Lonia... Lonia... Ton nom magique, tes paroles magiques.

– Et puis les Soviétiques aussi vont marcher sur Berlin. N'oubliez jamais ce que les communistes ont fait pour vous. Après, quand tout sera fini, nous reconstruirons une France libre, heureuse...

Elle nous regardait, se rendant soudainement compte qu'elle ne parlait plus à des enfants et elle trouvait n'importe quel prétexte, changeant de voix pour obliger Maurice à cesser de se curer le nez.

J'étais le plus âgé et Lonia savait à mes yeux

rieurs que je n'étais pas dupe. Mais je les ai aimés, ses communistes, adorés parce que le monde serait meilleur, que chacun travaillerait pour les autres et qu'il n'y aurait plus jamais de guerres.

Lonia, parle-moi encore des communistes, parle-moi, dis-moi, dis-moi de quoi demain sera fait, de pain et de roses, d'amour, de fraternité... Parle-moi, je t'en supplie, d'aussi loin que tu sois. J'ai besoin de ta voix, de tes certitudes, de ton amour.

Et puis la salle de classe où j'écris à présent et où j'aidais les petits, dans la soirée, en rentrant du lycée, à écrire, à lire. Je pensais à autre chose mais je le faisais.

– Voilà, monsieur Rigal, vous voyez, c'est vide. Plus rien. Plus rien du tout.

Et le vieil homme m'a regardé, démuni.

– Tiens bon, David, je reviendrai te voir demain. J'aurai peut-être des nouvelles. Et puis surtout des provisions...

Lonia qui nous donnait tant d'amour, peut-être qu'au fond, elle ne savait pas vraiment ce que c'était ou qu'elle avait oublié. Elle n'avait que l'Amour à la bouche : nous, c'était au cœur, même les plus petits. Pourquoi, pourquoi elle a refusé de l'admettre, pourquoi elle a été si méchante, pourquoi elle nous a fait si peur, pourquoi elle les a humiliés Maurice et Hanna ? Quel crime ils avaient commis ? Elle l'a découvert un jour, en faisant l'inspection des chambres. Nous, on le savait tous, sans mal, normal. A toutes les rondes, ils se tenaient par la main et c'était à Maurice qu'Hanna donnait toujours sa préférence. Quand on marchait dans la forêt, ils étaient encore ensemble et leurs yeux disaient tout.

Lonia, dans la salle de classe, le soir, après le repas, nous a tous convoqués. C'était exceptionnel. C'était la première fois.

Un instant, on a cru que c'était fini, fini. On s'est mis à pleurer, à s'embrasser, à rien, parce que c'était trop fort tout d'un coup et que tout ce qu'on espérait depuis des années arrivait enfin, sans prévenir. On a davantage pleuré que ri. Les jumelles se sont assises par terre et se sont mises à hurler.

– Papa... maman. Ça y est. Ils vont venir nous chercher.

Mais Lonia avait l'air trop sévère, trop sérieuse. C'était quelque chose de grave. Pas une minute de joie en tout cas. On est entré dans la salle de classe. On s'est assis en reniflant. Elle est montée sur l'estrade. De sa blouse, elle a sorti une lettre qu'elle avait déjà décachetée. Dans un silence de salle de torture, elle a lentement sorti une page de cahier d'écolier et, sans qu'on s'y attende, elle s'est mise à lire.

Ça devait être des horreurs à sa façon de prononcer les mots, de tenir la feuille à distance comme si elle portait la peste. Ce n'étaient que des mots d'amour frileux, doux comme ceux que j'aimerais entendre en les évoquant. Des mots de tendresse, maladroits et qui s'achevaient par un baiser sur la bouche que Maurice envoyait à Hanna : « Un baiser sur la bouche, un vrai, pas comme au cinéma. Je t'aime, Hanna. » Et Lonia nous a montré la feuille avec un cœur si bien dessiné.

Pourquoi Lonia leur a-t-elle fait si mal ? Pourquoi Hanna s'est mise à sangloter après avoir rougi ? Pourquoi Maurice nous a tous regardés, suppliant qu'on lui pardonne ? Pardonner quoi ? Ils n'avaient rien fait de mal. Lonia les a torturés devant nous et c'était intolérable.

Les petits l'ont écoutée sans bien comprendre. Moi, je sais que je lui en ai voulu, que j'aurais aimé me précipiter sur elle pour lui arracher la lettre et la rendre à Maurice. Elle n'avait pas le droit, pas le droit. Ses mots rudes, méchants, blessants, c'était tellement injuste. Moi, je savais. Les autres aussi, je suppose. Mais Lonia nous faisait tellement peur. Se souvient-elle de ses propos ? Se souvient-elle des horreurs qu'elle a dites au nom de l'Amour ? Se souvient-elle qu'elle a obligé Maurice à se dénoncer ?

Il a fallu qu'il se lève, qu'il nous regarde tous et s'excuse d'horreurs qui étaient la vie même. Où était le mal d'aimer ? Le mal de chercher une chaleur manquante ? De s'accrocher aux lèvres tièdes d'un autre, d'une autre ? Mais pour Lonia-sans-cœur-au-grand-cœur, l'Amour c'était la camaraderie, l'entraide, la solidarité. Pas un mot de nos corps. Pas un mot sur ces secrets qui nous troublaient la nuit, le jour, pendant nos lectures. Nous nous devions à la communauté, un point c'est tout.

Qu'est-ce qui t'a pris, Lonia, ce jour-là ?

Pourquoi cet ignoble chantage avant que Maurice se dénonce ?

– Et si le coupable – que je connais – ne se désigne pas lui-même, je serai obligée de le chasser de notre communauté parce qu'il est indigne de l'idéal qui est le nôtre.

S'est-elle rendu compte du poids de ses mots ? Maurice nous aurait quittés. Hanna qui avait retrouvé une miette de chaleur aurait été à nouveau abandonnée ?

C'était si dur à entendre que Marcel s'est bouché les oreilles et qu'il a quitté la salle en hurlant.

Lonia n'avait pas le droit. Bien sûr qu'elle a consolé Maurice, bien sûr qu'elle a fait la morale mais elle m'a blessé, moi. Elle a fait de moi le menteur que je n'étais pas, avant. Je lui en veux. Mais cette soirée aussi m'a sauvé la vie.

En accusant Maurice, Lonia m'accusait mais elle ne le savait pas. Moi aussi j'écrivais des lettres d'amour, moi aussi j'en recevais. J'allais les cacher dans une boîte à chaussures enfouie dans la terre, au fond du parc, dans les broussailles où personne n'allait jamais. Dès que je pouvais m'échapper, j'allais les relire, les relire encore, toujours, parce que les mots étaient doux, chauds, reposants. Quelqu'un pensait à moi, à moi seul et peut-être que plus tard on se marierait.

Claire. C'est la première fois depuis l'horreur

que j'écris ton nom. Mais tu es toujours là, dans ma tête, dans mon corps. C'est vers toi que j'ai pensé me précipiter d'abord, poser ma tête contre ta poitrine, te serrer dans mes bras jusqu'à t'étouffer pour que tu m'aides, que tu me consoles. Je pourrais, maintenant, courir jusqu'à tes lettres... Mais j'ai juré. Je ne bougerai pas tant que je n'aurai pas raconté l'irracontable. Alors, peut-être, sûrement, c'est vers toi que je me dirigerai pour m'écrouler. Tant pis, tes parents sauront. Il n'y aura plus à se cacher. On dira tout. Ils comprendront. Je n'ai plus que toi sur terre. Et je suis prêt à vivre même si je dois tout bousculer, tout renverser, tout casser. Je vivrai. Je vivrai. Claire. Depuis trois jours tu n'as plus de mes nouvelles. Trois jours de doute comme la fois où tu avais eu la grippe et que j'avais cru que tu m'avais abandonné. Peut-être que tu connais la nouvelle, que tu pleures parce que tu crois que moi aussi... Non. Je suis là. Et c'est à toi que je pense. Claire. Laisse-moi juste un peu de temps. Il faut que je dise. Il le faut.

Un soir, avant le coucher, pendant que j'étais d'équipe de vaisselle, quinze jours après mon arrivée, Lonia est venue me trouver.

– David, viens dans mon bureau, j'ai à te parler.

Aussitôt, comme toujours, j'ai cru que tu savais quelque chose de mes parents. Comme toujours, c'était autre chose.

– A partir de la semaine prochaine, tu iras au lycée à G. Il n'y a personne ici qui peut t'aider dans tes études. Et puis tu vois, l'instruction, c'est sacré. Le savoir, c'est ce qu'on a de plus précieux en soi, qu'on peut transmettre aux autres. Savoir, c'est un pas vers l'égalité, la tolérance, l'amour, la justice. Il faut être armé pour la vie et pas seulement avec des pistolets et des mitraillettes. La parole est une arme aussi terrible contre les exploiteurs...

Je m'en fichais des exploiteurs. Seul le lycée m'attirait. J'allais pouvoir sortir, respirer, voir dehors comment c'était. Et puis apprendre, apprendre, apprendre, pour ma mère, pour mon père, pour qu'ils voient mes progrès quand on se reverrait.

– Une autre chose, David. Deux fois par semaine, tu iras chez monsieur Legendre prendre des cours de piano... C'est vrai que tu as du talent.

Lonia ne s'y attendait pas quand je lui ai sauté au cou et que je l'ai embrassée. C'était tellement beau, ce qu'elle m'offrait. Elle faisait comme mon père, comme ma mère : toutes ces merveilles pour moi. Pour moi seul le vélo emprunté au village et que j'enfourchais, me levant tôt, très tôt, pour dix bons kilomètres de montées et de descentes, de rosée, de verglas, de boue, de pluie, de fatigue. J'étais tellement heureux même en rentrant dans le lycée noir au pied de l'église Saint-Pierre. Ivre de liberté. Même le surveillant général, cet infâme sadique, m'est apparu sympathique ; il lui arrivait d'attraper un Sixième et de le soulever du sol en lui arrachant presque les oreilles. Vous étiez un salaud, monsieur le surveillant général, une ordure. Vous l'êtes toujours.

Mais, par votre présence, vous disiez que j'étais comme les autres, au milieu des autres, normal, capable d'être puni, brimé, récompensé. Oui, surtout récompensé malgré mon souffle court les premiers temps à cause des points de côté et de mes mollets en confiture. Premier aux compositions. Premier partout. Premier. Premier. Ma revanche. Elle faisait plaisir à Lonia. Mais une revanche qui n'écrasait personne. Le nouveau était doué, voilà tout. Quelques jalousies, quelques amis mais toujours le grand silence, l'immense silence au bout des questions anodines :

– Tu viens d'où ?

– Qu'est-ce qu'ils font, tes parents ?

Une pirouette. Une mauvaise blague.

C'était si bon d'être comme les autres, de rire d'un rien. Pas toujours le sérieux de Lonia, elle qui m'avait expédié dans ce lycée noir plein de gaieté. L'odeur retrouvée de l'encre, du papier, des livres de la bibliothèque recouverts de papier kraft. Et puis pouvoir me battre aussi, pour rien. Vivre. Vivre. Vivre.

Mais le lycée n'était rien. La vie, la vraie, elle était chez monsieur Legendre. Le piano et mes doigts qui retravaillaient deux fois par semaine.

– Et n'oublie pas tes exercices, David...

– Au revoir, monsieur Legendre.

Il me serrait la main. Il serrait la main de Claire. Et nous nous retrouvions tous les deux sur le palier sans oser nous parler.

Je n'ai jamais tant aimé le piano et les exercices. Ils me ramenaient vers elle et j'avais l'esprit ailleurs.

– Dis, David, viens me voir, n'importe quand si tu as besoin de parler.

Lonia croyait que ma tristesse était immense, que j'étais frappé du mal à l'âme des autres. On y tombait chacun son tour. Le mal d'absence. Et moi j'étais heureux, heureux, camouflant, mentant. Merci, Lonia, de m'avoir appris à mentir.

Claire. Plus j'écris, plus je sais que je vais raconter quelque chose d'horrible, d'abominable. Je veux le retarder. Alors c'est à toi que je m'adresse, toi qui n'es qu'à dix kilomètres d'ici, dans ta belle grande maison avec sa grille et son jardin. Peut-être que tu retournes chez monsieur Legendre et qu'un autre a pris ma place devant le piano blanc. Mais ne crains rien. Vite, je vais aller vite. Mais tu me permets d'attendre encore un peu avant que tout n'éclate et que le monde perde son sens ou le retrouve quand j'aurai tout dit.

Oui, je suis tombé amoureux de toi dès que je t'ai vue. La première fois. Tes longs cheveux blonds, ta robe légère, la douceur de ton visage, la fragilité de ton cou. Tes longs doigts qui caressaient les touches. Et la rougeur de ton visage lorsque tu m'as aperçu.

C'était comme dans les livres, comme dans les films. C'était ça, l'amour. Et toutes mes nuits étaient pour toi.

A la sortie du lycée, je traînais pour essayer de t'apercevoir, juste t'apercevoir.

Et puis la première fois où je t'ai raccompagnée jusqu'au coin de chez toi, à cause de tes parents. Je parlais. Je parlais. Je disais n'importe quoi. Tu te souviens ? Je t'ai parlé d'un poète extraordinaire. Apollinaire. Mais je n'avais pas ses œuvres. J'avais lu des poèmes à la bibliothèque. Et tout en te parlant, je ne disais qu'une seule chose, en mitrailleuse, dans ma tête : « Je t'aime, je t'aime, je t'aime. » Mais ça ne pouvait pas sortir. Te toucher ? Mais j'avais les deux mains prises pour tenir mon guidon.

Dis, est-ce que tu penses encore à moi ?

Te voir, t'entendre, toucher tes bras, tes mains, ta bouche. Je t'aime. Je t'aime. Il n'y a que trois jours. Trois jours seulement que tout a basculé.

J'avais parlé d'Apollinaire. La fois suivante, tu m'avais parlé de Rimbaud. Et puis, juste avant qu'on se quitte, tu as ouvert ton cartable. D'un geste brusque, tu m'as tendu un livre et tu t'es enfuie sans te retourner. Je n'ai entendu que tes mots.

– Ne le regarde pas avant d'être chez toi.

Chez moi !

J'ai désobéi. Un signet à la page importante. *Alcools* d'Apollinaire. J'ai fait un arrêt sur le bord de la route et j'ai lu.

L'Adieu

J'ai cueilli ce brin de bruyère
L'automne est morte souviens-t'en
Nous ne nous verrons plus sur terre
Odeur du temps brin de bruyère
Et souviens-toi que je t'attends

Le titre m'a picoté les yeux. C'était fini. Sa manière à elle de me le faire savoir. Elle avait eu honte. Elle s'était enfuie. Personne ne m'aimerait jamais. J'ai relu, pour être certain de ce que tu voulais me dire. Et puis, à la dernière ligne, j'ai pleuré. J'étais un imbécile, un double, un triple crétin. Le dernier vers était finement souligné au crayon noir. « Et souviens-toi que je t'attends. »

Comment dire mon bonheur ? Comment la remercier ? Comment l'aimer ? A coups de pédales redoublés, à mes hurlements sur la route, à mes zigzags fous. Elle m'attendait. J'aurais aimé faire demi-tour. C'était impossible. Et puis, j'étais tellement heureux que je pouvais patienter encore trois jours avant la grande pièce de monsieur Legendre où je la reverrais pour lui rendre son livre.

Quand Lonia m'a vu revenir, le sourire aux lèvres, elle a cru que ma crise était passée, que ma tristesse s'était enfuie.

– Tu vois, ça s'arrange. Il ne faut jamais se décourager.

Et elle m'a offert un sourire de contentement.

Avant le repas, jamais je n'ai mis tant d'ardeur à aider les petits à faire les boucles des B majuscules.

Après le repas, je n'ai jamais mis autant de temps à m'endormir.

Claire avait été plus courageuse que moi.

Dans mon lit, après l'histoire, je m'en suis raconté d'autres que Lonia ne pouvait pas imaginer et qui conduisaient mon sexe aux limites du tolérable. Amour et douleur. Amour et douceur après cette explosion que mes copains de classe appelaient « juter ». Un mot sale. Un mot qui ne convenait pas aux pensées qui l'accompagnaient.

Claire, j'ai vu ton corps nu à ce moment-là, magnifique, pour moi, moi seul. Et je te donnais tout ce que je possédais.

Impossible endormissement. Je me suis levé. J'ai descendu l'escalier jusqu'à la salle de classe, empruntant la bougie de la chambre.

Au cas où Lonia m'aurait surpris, j'avais emporté mes livres de classe. Tellement de boulot pour demain. Et sur une feuille arrachée à mon cahier de mathématiques, j'ai écrit pour toi les plus beaux mots d'amour que j'ai pu inventer. Moi aussi je t'aimais. J'ai dit tes cheveux, ton sourire, comme j'étais bien quand tu étais à côté de moi même si tu ne disais pas un mot. J'ai repris ton livre. Après un dernier « je t'aime », j'ai rajouté un P.-S. « Et mes yeux pour tes yeux lentement s'empoisonnent. »

Si tu savais combien de P.-S. j'aurais voulu rajouter ! Mais j'étais ivre d'amour et de fatigue. J'ai plié la lettre. Je l'ai cachée dans *Alcools* et je me suis endormi, me fichant pas mal des traces laissées sur les draps par l'immensité de mon amour.

Et puis attendre, attendre pour te donner ma lettre. Attendre en voulant la déchirer parce qu'elle était trop bête, trop choquante, trop... tout. Attendre ton premier regard en entrant chez monsieur Legendre. Et j'ai vu que tu avais compris. Et puis les mensonges. Les heures gagnées parce que monsieur Legendre voulait à tout prix que nous donnions un récital... Lonia a tout accepté. Comment un enfant qu'elle avait élevé aurait-il pu mentir ? Inimaginable. Nos longues promenades. Ton regard abasourdi lorsque tu as appris que j'étais juif. Mon sourire que tu n'as pas vu lorsque tu as voulu prier pour moi à la messe. Oh ! je ne t'ai rien dit de mes souffrances passées. Elles étaient passées. J'étais près de toi. Ça suffisait. Jamais, jamais nous ne nous quitterions. Et notre premier baiser dans les bois après un nouveau mensonge. Ton corps contre le mien. Ta chaleur. Ta pudeur. La mienne. Notre impudeur. Notre amour.

Viens, viens, reviens, je t'attends. C'est toi que je veux auprès de moi. Toi seule pourrais peut-être me rendre le sourire.

C'est à toi que je pensais continuellement, en classe, en ville, dans mon « chez moi », dans les répétitions du 14 Juillet qui se préparaient bien longtemps à l'avance. Moi, je n'avais que *La Marseillaise* à accompagner au piano pendant que les autres chanteraient. Lonia se donnait tant de mal à nous expliquer. Liberté, Égalité, Fraternité. Maurice et Hanna joueraient Louis XVI et Marie-Antoinette. Mais Maurice refusait d'être un exploiteur, un tyran du peuple. Sonia n'arrivait pas à apprendre son morceau de la DÉCLARATION DES DROITS DE L'HOMME qu'on devait réciter en chœur parlé. Et Lonia courait de l'un à l'autre. Seul Samuel était fier, en Robespierre qui abattrait les despotes.

Robespierre. Ma station de métro. Fermée.

Descendre à la porte de Montreuil ou à La Croix de Chavaux. Et revenir chez moi, à pied. J'ai haï Samuel. Sans que personne comprenne, je me suis mis à pleurer lorsque Lonia nous a tout expliqué sur l'Incorruptible. Il voulait un monde meilleur où tous les hommes seraient égaux comme en Union soviétique. Personne, personne ne savait que Robespierre, c'était sur ma ligne. Mairie de Montreuil. Croix de Chavaux. Robespierre. Porte de Montreuil. Maraîchers. Buzenval. Nation. Papa. Maman.

Lonia n'avait pas le temps de s'occuper de moi. Elle parlait sans cesse des Sans-Culottes, des paysans qui mouraient de faim, des seigneurs, de l'injustice, de l'esclavage, de la prise de la Bastille.

Je te le jure, Claire, ce n'est que Robespierre qui a fait que je t'ai oubliée un instant, minuscule. Excuse-moi ; c'était trop fort.

Et puis le lendemain c'était oublié parce que je t'avais revue.

Tu avais de bonnes nouvelles. Partout on annonçait que les Allemands reculaient, que les trains déraillaient de plus en plus et qu'on approchait de la fin. Tu étais heureuse pour moi. Triste aussi parce que peut-être j'allais partir, rentrer, retrouver les miens. Et j'ai vu tes yeux doucement se brouiller.

Tu te souviens, c'était il y a trois jours. Et puis la décision folle que nous avons prise parce qu'on ne pouvait pas se quitter.

– Ce n'est rien, je dirai à Lonia que j'ai été collé, qu'il était tard pour rentrer et que j'ai dormi chez monsieur Legendre. Ça passera... Et tes parents ?

Tu as haussé les épaules.

Alors, après la sortie des classes, nous nous sommes retrouvés dans les bois. Tu avais emporté des couvertures chaudes et nous avons passé la nuit l'un contre l'autre. Tu as dit « non, je ne peux pas ». J'ai accepté. Tu m'as caressé, je t'ai caressée et nous nous sommes endormis sur la mousse.

Au petit matin, j'ai sauté sur mon vélo après un baiser sur tes lèvres.

– A demain, Claire. Je t'aime.

– Moi aussi. A demain.

Il n'y a pas eu de demain. Je suis là et je dois finir vite, vite, vite, même si j'oublie les détails. Je dois finir, sans mentir, sans tricher. Après seulement, il y aura peut-être un demain. Aujourd'hui je n'ai pas la force de l'imaginer.

Le jour se levait à peine. Je n'avais rien à regretter. J'avais fait ce que ta tristesse me dictait, ce que mon envie m'obligeait à faire. Tant pis si Lonia ne me croyait pas. Tant pis si j'avais trahi sa confiance. J'étais épuisé. J'étais fier. Je pouvais affronter le monde. Rien ne m'était plus interdit.

J'ai répété mon mensonge pour qu'il sonne juste. Ne pas me trahir. Ne pas te trahir. Mes coups de pédales étaient sans force. Cette nuit avait été si belle. Un instant, j'ai eu un vertige. Rien de grave. J'ai repris mon chemin, au soleil levant.

Et puis, sans que je m'y attende, juste au croisement, au moment de quitter la route, monsieur Rigal était devant moi. D'un geste brutal, j'ai freiné. Il m'a rattrapé à temps.

– N'y va pas, David, n'y va pas. Ils sont là. Ils sont là. Viens avec moi.

Je n'ai rien compris.

Bien sûr que j'irais. Qu'est-ce que j'avais à craindre ? Ils étaient là. Qu'est-ce que ça voulait dire ? Je verrais. Monsieur Rigal n'a pas pu me retenir. Il a dû me suivre en courant. Non, je n'ai pas pris le chemin de terre. J'ai abandonné mon vélo. Je suis entré dans le sous-bois. Il a tenté de m'arrêter en chuchotant.

– N'y va pas, n'y va pas. Je t'en supplie.

Non, je n'avais pas peur. Je n'ai pas eu peur. Mais juste au moment où j'ai aperçu la maison, je me suis jeté par terre et monsieur Rigal s'est collé contre moi.

Devant le perron, il y avait un camion bâché, une auto-mitrailleuse et deux motos. Un homme, en habits noirs et casquette de SS, hurlait des ordres que je ne comprenais pas.

Mes jambes tremblent en écrivant. Ils sont partis un à un. Tous. Lonia, Maurice, Hanna, les deux jumelles, la toute petite Perla, Ida, Rachel, Samuel, Hélène... Ils avaient à peine eu le temps de s'habiller. Un à un, mes frères, mes sœurs, mes amis, mes amours. Dès qu'ils ont descendu la dernière marche du perron, deux soldats allemands les ont soulevés pour les jeter dans le camion. Je me suis redressé. Monsieur Rigal m'a écrasé au sol. Il m'a bâillonné de sa grosse main. Et puis j'ai vu sortir Lonia, la dernière, repousser les deux soldats et monter toute seule. Le moteur tournait. Les motos se sont mises en tête, le camion a suivi, puis l'auto-mitrailleuse et une traction avant noire dans laquelle est monté l'homme en noir.

Ils sont passés à cinquante mètres de nous. Et dans le petit matin froid, du camion bâché est montée *La Marseillaise* reprise par tous les accents d'Europe. J'ai reconnu la voix de Lonia, plus forte que toutes les autres. Ils étaient tous dans le camion bâché. Tous, sauf un qui courait désespérément sans que monsieur Rigal puisse le rattraper, sans qu'il sache où il allait.

Un qui hurle à l'intérieur de son corps, un qui vous a abandonnés. Un qui vous a trahis. Un qui n'est pas allé avec vous jusqu'au bout. Un lâche.

Adieu. Peut-être que tout n'est pas fini, que tout n'est pas perdu. Dites, dites que vous ne m'en voulez pas. Dites que je suis avec vous. Dites que c'est monsieur Rigal qui m'a empêché. Je devais être avec vous. C'était ma place. Où que vous alliez, je suis avec vous.

J'ai tout dit. La maison est vide. Papa, maman, Lonia, je ne l'ai pas fait exprès. Je le jure. J'ai fini. Je n'ai rien à rajouter. Tant pis si mes larmes tombent sur le papier et rendent les mots invisibles. J'ai dit toute la vérité. Moi aussi j'aurais voulu chanter *La Marseillaise.* On m'en a empêché.

J'ai quinze ans. Quinze petites années de vie. Et la suite ?

De la fenêtre, je vois monsieur Rigal qui m'apporte à manger de son gros pas pesant. Je n'ai pas faim.

Lonia, pourquoi tu ne les as pas fait attendre pour que je parte avec vous ? Tu savais bien que je manquais à l'appel. Tu n'avais pas le droit de m'abandonner, de me laisser seul, dans la maison vide. Claire.

Découvrez les autres livres
de **La Loi du Retour**

dans la collection

LA LOI DU RETOUR / II
L'HÔTEL DU RETOUR

n° 970

David a maintenant quinze ans. Réfugié dans un home d'enfants sous une fausse identité, il échappe de justesse à la rafle qui le prive de ses derniers compagnons. David est seul. Mais il va retrouver ses parents, il en est sûr, et cet espoir lui donne la force de vivre. Il ne les a pas vus depuis deux ans. Commence alors une longue année d'attente et d'errance : le maquis, la libération de G., le retour dans Paris en liesse… David espère toujours, dans la violence, les rires et le désespoir, le retour de ses parents. Et un matin, il franchit le seuil de l'hôtel Lutétia, une photo à la main.

LA LOI DU RETOUR / III
RUE DE PARIS

n° 1114

David vient d'apprendre la mort de ses parents en déportation. Il ne rêve que de vengeance, quel que soit le prix à payer. La guerre s'achève. Dans sa colère et son désespoir, David rompt les derniers liens qui le relient à son passé. La France, pense-t-il, n'a plus rien à lui offrir. Unique issue : la perspective de construire un monde meilleur. Il embarque clandestinement sur un bateau pour la Palestine. David fera connaissance avec les camps d'internement britanniques avant de travailler dans un kibboutz. Là, il découvre qu'une autre guerre commence.

Découvrez d'autres livres
de **Claude Gutman**

dans la collection

ANTOINE BLANCPAIN, COLLÉGIEN

n° 1279

Antoine n'imagine pas ce qui l'attend dans son nouveau collège, loin de la tranquillité de sa province. Comment se faire accepter ? Antoine se heurte à tous : professeurs, administration, copains qui n'en sont pas, qui le sont, qui ne le sont plus. Rien ne va, quoi qu'il fasse. Et quand Antoine se révolte, c'est pire encore. Au fil des rencontres, heureuses, malheureuses, tendres, drôles, il finira peut-être par trouver sa place…

À CHACUN SES AFFAIRES

n° 1409

Stéphane en a vraiment assez. Ses parents le harcèlent de questions et le surveillent sans cesse. Et quand il s'aperçoit que sa mère a lu son carnet secret, Stéphane voit rouge : il va faire comprendre à ses parents que ses affaires, c'est sacré !
Quant à Lucie, si sa maman l'appelle « ma fouine », c'est qu'elle a de bonnes raisons de le faire…
Mes affaires c'est mes affaires et *Leurs affaires c'est leurs affaires*, deux nouvelles sur le respect de l'intimité… des jeunes, comme des adultes !